W0214596

Haftungsausschluss:

Die Ratschläge im Buch sind sorgfältig erwogen und geprüft. Alle Angaben in diesem Buch erfolgen ohne jegliche Gewährleistung oder Garantie seitens des Autors und des Verlags. Die Umsetzung erfolgt ausdrücklich auf eigenes Risiko. Eine Haftung des Autors bzw. des Verlags und seiner Beauftragten für Personen-, Sach- und Vermögensschäden oder sonstige Schäden, die durch die Nutzung oder Nichtnutzung der Informationen bzw. durch die Nutzung fehlerhafter und/oder unvollständiger Informationen verursacht wurden, ist ausgeschlossen. Verlag und Autor übernehmen keine Haftung für die Aktualität, Richtigkeit und Vollständigkeit der Inhalte, ebenso nicht für Druckfehler. Es kann keine juristische Verantwortung sowie Haftung in irgendeiner Form für fehlerhafte Angaben und daraus entstehende Folgen von Verlag bzw. Autor übernommen werden.

Sollte diese Publikation Links auf Webseiten Dritter enthalten, so übernehmen wir für deren Inhalte keine Haftung, da wir uns diese nicht zu eigen machen, sondern lediglich auf deren Stand zum Zeitpunkt der Erstveröffentlichung verweisen.

Bibliografische Informationen der Deutschen Nationalbibliothek

Die Deutsche Nationalbibliothek verzeichnet diese Publikation in der Deutschen Nationalbibliografie; detaillierte bibliografische Daten sind im Internet über http://dnb.dnb.de abrufbar.

1. Auflage
© 2023 by Remote Verlag, ein Imprint der Remote Life LLC, Oakland Park, US

Alle Rechte vorbehalten. Vervielfältigung, auch auszugsweise, nur mit schriftlicher Genehmigung des Verlags.

Redaktion: Melanie Krauß
Lektorat und Korrektorat: Katrin Gönnewig, Fabian Galla, Markus Czeslik
Umschlaggestaltung: Verena Klöpper
Satz und Layout: Verena Klöpper

ISBN Print: 978-1-955655-95-8
ISBN E-Book: 978-1-955655-96-5

www.remote-verlag.de

SONJA PIONTEK

Ich
Mein WORKBOOK für mehr ACHTSAMKEIT

MIT DEM RICHTIGEN MINDSET ZU MEHR ZUFRIEDENHEIT IM LEBEN

Remote Verlag

www.remote-verlag.de

»So wertvoll und zeitgemäß! Danke für dieses wundervolle und hilfreiche Workbook.«

Laura Malina Seiler

»Powerfrau mit Herz und Verstand.«

BUNTE[1]

»Unbedingt lesenswert!«

Greta Silver

»Dieses Buch ist eine wertvolle Investition in dich, dein Glück und auch in unser aller Zukunft.«

Veit Lindau

»Kraftvoll!«

Horst Wengert

Dieses Buch und
all das Wunderbare,
das sich hieraus entwickelt,
ist dir gewidmet.

Ja, genau dir!

Denn es geht um dich,
dein Leben und
deine Zufriedenheit.

Index

VORWORT 12
HERZLICH WILLKOMMEN 14
WIE DIESES BUCH AM BESTEN HILFT 16
ACHTSAMKEIT UND IHRE BEDEUTUNG 18

PART I – WER BIN ICH? 20
1 – ICH UND MEIN NAME 24
2 – MEINE EIGENSCHAFTEN, MEIN WESEN 26
3 – MEINE STÄRKEN 30
4 – MEINE WERTE 38
5 – DARAUF KANN ICH STOLZ SEIN 42
6 – DAS SCHÄTZEN ANDERE AN MIR 48
7 – DAS MACHT MICH BESONDERS 54
8 – DAS MACHT MICH GLÜCKLICH 58

PART II – WO KOMME ICH HER? 64
9 – MEINE FAMILIE 68
10 – STATIONEN MEINES LEBENS 86
11 – SCHWERE ZEITEN & SCHICKSALSSCHLÄGE 98
12 – FEHLER 102
13 – MEINE ERFOLGE 106
14 – HIGHLIGHTS MEINES BISHERIGEN LEBENS 110

PART III – WO STEHE ICH IN MEINEM LEBEN? 112

15 – DIE LIEBE 116
16 – PARTNERSCHAFT & FAMILIE 120
17 – MEIN ZUHAUSE 128
18 – BERUF & ARBEIT 132
19 – WORK-LIFE-BALANCE 138
20 – FREIZEIT 144
21 – MEIN KÖRPER 148
22 – MEINE GESUNDHEIT 150
23 – MEINE ERNÄHRUNG 154
24 – MEINE MENTALE GESUNDHEIT 160
25 – MEINE SPIRITUALITÄT 162
26 – GRENZEN SETZEN 166
27 – MEIN UMFELD 172
28 – MEIN SUPPORT-SYSTEM 176
29 – SELBSTLIEBE 178
30 – ACHTSAMKEIT & ZUFRIEDENHEIT 180

PART IV – WO WILL ICH HIN? 182

31 – WENN ICH KEINE VERPFLICHTUNGEN HÄTTE 186
32 – MEINE >BUCKET-LIST< 192
33 – DIE WELT ERLEBEN 194
34 – KÖRPER & GESUNDHEIT 196
35 – MENTALE GESUNDHEIT 198
36 – WORK-LIFE-BALANCE 200
37 – LIEBE & PARTNERSCHAFT 204
38 – MEINE ZIELE 206
39 – MEIN VERMÄCHTNIS 208
40 – ACHTSAMKEIT & ZUFRIEDENHEIT 212

PART V – WIE ERREICHE ICH MEHR ACHTSAMKEIT UND ZUFRIEDENHEIT **214**
41 – SEI IM HIER UND JETZT 218
42 – ENTSCHEIDE DICH, GLÜCKLICH ZU SEIN 220
43 – GEH IN AKTION 224
44 – SEI WIE DER FLUSS 228
45 – LASS NEGATIVES LOS 230
46 – ATME BEWUSST 234
47 – BITTE UM HILFE 236
48 – SEI DANKBAR 240
49 – LERNE DIE SPRACHE DER LIEBE 244
50 – TANZE DEIN LEBEN 246

ANHANG **248**
WIE GEHT ES WEITER? 250
SONJA PIONTEK 252
DANKSAGUNG 254
RAUM FÜR DEINE NOTIZEN 256
QUELLEN 258

Vorwort

Als Sonja mich bat, ein Vorwort für ihr Buch zu schreiben, fühlte ich mich hin- und hergerissen. Mein erster Gedanke war: »Nicht noch ein Buch über Achtsamkeit!« Achtsamkeit ist mittlerweile leider viel zu oft als mainstreamtaugliches Modewort missbraucht worden und ich kann Menschen verstehen, die nur noch müde abwinken.

Warum ich den Text dennoch und mit viel Freude schreibe, hat zwei Gründe: Zum einen ist Achtsamkeit für mich die Stärke Nr. 1, die wir alle in den kommenden Jahrzehnten brauchen werden. Nicht nur um glücklich zu sein, sondern um zu überleben. Das mag dramatisch klingen, doch angesichts der Stapelkrisen, die auf uns zurollen, und immensen Herausforderungen, vor die uns Technologien wie künstliche Intelligenzen, Metaversum etc. stellen werden, brauchen wir mehr denn je die Fähigkeit, bei uns zu bleiben und möglichst bewusst von innen nach außen zu leben, anstatt von außen nach innen gelebt zu werden. Da Bewusstsein sich selbst nicht schaden kann und Achtsamkeit die Anwesenheit von Bewusstsein schult, ist es nicht übertrieben zu sagen: Achtsamkeit beendet Kriege. In uns, in unseren Beziehungen, mit der Erde.

Der zweite Grund liegt im Ansatz von Sonjas Buch, den Begriff der Achtsamkeit weiter zu fassen und die Kenntnis von uns selbst miteinzubeziehen. Wir wissen so viel, doch oft erstaunlich wenig über uns selbst. Wir sind hochkomplexe Wunder, voller (scheinbarer) Widersprüche, aber auch so vieler bemerkenswerter Gaben. In einer so lauten Welt, die so viel von uns will, unterstützt dich dieses Buch, im Zentrum deiner Realität anzukommen – in dir. Du lernst dich verstehen, schätzen und spüren. Das ist kein Egoismus, sondern bewusste Selbstliebe. Dieses Buch ist eine wertvolle Investition in dich, dein Glück und auch in unser aller Zukunft.

Ich wünsche dir viel Freude beim Lesen, wertvolle Erkenntnisse und die Entschlossenheit, sie umzusetzen.

Mit achtsamem Gruß,

Veit Lindau

Herzlich Willkommen

Dieses Buch ist ein Geschenk an dich. Denn es geht um dich und dein Leben, und darum, wie es dir mit einfachen Werkzeugen und dem richtigen Mindset gelingt, in deinem Alltag wie auch deiner Zukunft deutlich zufriedener zu sein. Ist dies nicht das, was du dir insgeheim wünschst?

Wahre Zufriedenheit in deinem Leben findest du dabei vor allem, indem du dich auf deine Achtsamkeit fokussierst: auf bewussteres Leben, Entschleunigung, Dankbarkeit, Selbstliebe und all das, was deiner Seele guttut. Um dorthin zu gelangen, ist es wichtig zu verstehen, wer du bist, wo du herkommst und wo du aktuell stehst. Erst dann wirst du klar erkennen, wohin du in deinem Leben gehen möchtest, wie zufrieden du wirklich sein willst und auch sein kannst.

Mit gezielten Fragen, wertvollen Denkanstößen und Inspirationen ist dieses Workbook dein Wegweiser auf diesem so wichtigen Pfad – der Reise zu dir und einem Leben in mehr Achtsamkeit und Zufriedenheit. Nun liegt es an dir, den Weg zu beschreiten, die für dich richtigen Antworten zu finden und ein klares, lautes JA zum Leben aus deiner Seele hinauszurufen in diese wundervolle Welt!

Lass dich auf deiner Reise nicht ablenken von den Sorgen des Alltags, von Ärgernissen und Herausforderungen. Leider haben diese oft die Eigenschaft, besonders laut zu sein. Dieses Buch hilft dir dabei, das Positive zu verstärken, achtsamer mit dir und deinem Leben umzugehen und dem Negativen nicht mehr so viel Raum zu geben.

Lass dich nicht irritieren, wenn deine Herkunft oder aktuelle Lebenssituation nicht der Norm entspricht, denn das ist völlig okay. Ich selbst hatte sowohl die Erfahrung von Vater-Mutter-Kind als auch von Mutter-Mutter-Kind (nach der Trennung meiner Eltern wählte meine Mutter eine Frau als neue Partnerin), habe in sechs Ländern gelebt, hatte nie eigene Kinder und lebe mittlerweile in einer wundervollen Patchworkfamilie mit zwei bezaubernden Teenagern. Ist das normal? Bestimmt nicht, aber es ist mein Leben, und es ist wertvoll, genau so, wie es ist.

Ich bitte dich auch um Verständnis, dass ich in diesem Buch ganz bewusst auf das Gendern verzichtet habe. Nicht aus Ignoranz, denn die Menschen in ihrer Vielseitigkeit, ihrer Buntheit liegen mir als Frau, als Weltenbürgerin, als Kind dreier Eltern zutiefst am Herzen. Mein Sprachgefühl und der Wunsch nach guter Lesbarkeit aber flehen um das geschmeidig Altmodische, und so wirst du in diesem Workbook keine Leser:Innen oder Ähnliches finden.

Lass dieses Buch einen Begleiter auf deiner Reise nach Hause sein!

Lass das Ziel deines Lebens tiefe Zufriedenheit sein!

Viel Freude und viel Erfolg auf deinem Weg!

Herzlichst,

Sonja Piontek

Wie dieses Buch am besten hilft

Es geht in diesem Workbook um dich! Es geht um dein Leben! Es geht um deine Zufriedenheit! Hole also das Bestmögliche, das Maximum für dich heraus. Dabei ist Folgendes wichtig:

- Genieße die Reise!
- Nimm dir bewusst Zeit für dieses Buch.
- Lass dich ganz auf die Übungen ein.
- Lies und bearbeite die Kapitel idealerweise der Reihe nach, denn dieses Workbook ist eine Reise von deiner Vergangenheit durch deine aktuelle Lebenssituation hin zu der Zukunft, so wie du sie dir erschaffen kannst.
- Indem du die kleinen und großen Fragen beantwortest, machst du dir wichtige Dinge in deinem Leben bewusst.
- Du musst nicht jede Frage beantworten, aber es wäre gut. Manchmal hilft es jedoch, mit ein wenig Distanz zu einer schwierigen Frage zurückzukehren.
- Beantworte die Fragen zu 100 % ehrlich – vor allem ehrlich zu dir selbst. Wenn du nicht möchtest, dass andere gegebenenfalls deine Antworten lesen, dann kommuniziere dies klar und/oder verwahre das Buch an einem sicheren Ort.
- Wenn gewisse Themen oder Fragen schmerzhaft oder wirklich belastend für dich sind (zum Beispiel Fragen zu einem gerade verstorbenen Elternteil oder Krankheiten), dann bitte dein Umfeld um Beistand oder hole dir professionelle Hilfe.
- Wenn du eine Frage nicht beantworten kannst, dann frage einen Menschen, der dir nahesteht, was er dazu denkt.
- Wenn es in einer Übung darum geht, fünf Dinge zu umkreisen, sich für dich aber sechs besser anfühlen, dann umkreise sechs! Es geht hier nicht um Spießigkeit, sondern dein Leben, in all seiner Leichtigkeit.

- Nutze Farben, sei kreativ, mach dir Notizen, unterstreiche wichtige Passagen – nutze dieses Buch als echtes Arbeitsbuch.
- Wenn eine Frage nicht genau auf dich und deine Lebenssituation passt, dann ändere sie so ab, dass sie für dich passt.
- Vergiss nie, dass es auf all den kommenden Seiten nur um dich geht!
- Je intensiver du dich mit diesem Workbook beschäftigst, desto glücklicher und zufriedener wird dein Leben sein!

Achtsamkeit und ihre Bedeutung

Achtsamkeit ist eines der wichtigsten Themen unserer Zeit. Sie liegt im Trend, entspricht dem Zeitgeist, sie boomt, aber das Beste daran ist: Sie funktioniert. Die positive Wirkung von Achtsamkeit ist in unzähligen wissenschaftlichen Studien seit Jahrzehnten nachgewiesen.[2] Verwurzelt im Buddhismus, hat die Achtsamkeit den Westen gerade in letzter Zeit im Sturm erobert. Veit Lindau, der Experte für Persönlichkeitsentwicklung im deutschsprachigen Raum, sagte kürzlich in einer gemeinsamen Podcast-Aufnahme, dass die Achtsamkeit neben der Resilienz eine der zwei überlebensnotwendigen Qualitäten der kommenden zehn Jahre sei.[3]

Was jedoch bedeutet Achtsamkeit? Und viel wichtiger: Was bedeutet sie für dein Leben?

Achtsamkeit steht dafür, im Hier und Jetzt zu sein, körperlich wie auch mental, bewusst zu leben, zu atmen, die Welt in dir und um dich herum zu »be-achten«, wie sie gerade ist. Es geht um die Gegenwart, nicht um die Vergangenheit, nicht um die Sorgen bezüglich der Zukunft oder die Hoffnung, dass irgendwann schon alles gut sein wird. Nein, es geht um diesen einen Augenblick und die Bereitschaft, ihn so anzunehmen und zu (er)leben, wie er ist, mit all deinen Sinnen und deinem ganzen Sein. In einfachen Worten ist Achtsamkeit die Fähigkeit, dein Leben bewusst zu (er)leben und nicht zu verpassen.

Ein achtsames Leben zu führen, bedeutet auch, das Leben und dich selbst zu »achten«, also wertzuschätzen. Dies ist eng verknüpft mit Selbstliebe und Dankbarkeit. Dankbarkeit für die kleinen Dinge, die vielen oft alltäglichen Wunder, die das Leben dir schenkt. Im Rahmen der Selbstliebe geht es vor allem um das Bewusstsein, dass du selbst liebens- wie auch schützenswert bist. Dementsprechend gehört zu einem achtsamen Leben dazu, auf dich zu hören und für dich da zu sein. Dies gelingt dir jedoch nur, wenn du weißt, wer du bist und was du brauchst. Genau hierfür arbeitest du mit diesem Buch.

Die «Mindfulness», wie die Achtsamkeit im Englischen heißt, ist das natürliche Gegengift gegen Sorgen und Stress. Sie hat enorme Kraft und wird dir dabei helfen, dein Leben bewusster zu leben, zu entschleunigen und um tiefe und bleibende Zufriedenheit zu bereichern. Lass dies zu!

Part 1

— WER BIN ICH —

Wer bin ich?

Wer bin ich? Diese drei einfachen Worte stellen eine der größten Fragen des Lebens dar. Philosophen, Psychologen, Religionsführer, Autoren, Lehrer, Wissenschaftler und Menschen auf der ganzen Welt beschäftigen sich seit jeher mit dieser so elementaren Fragestellung. Doch warum ist es so wichtig, zu verstehen, wer du bist? Warum hat es so viel Sinn, einzutauchen in dein Wesen, deinen Charakter, deine Stärken, dein individuelles Sein? Der Grund ist ganz einfach: Nur wenn du verstehst, wer du wirklich bist, kannst du dir ein Leben voller Glück und Zufriedenheit aufbauen und wirst auf dem Weg hin zu einem erfüllteren Leben erfolgreich sein.

- Wie willst du dein Potenzial entfalten, wenn du deine Stärken nicht kennst?
- Wie willst du dich lieben, wenn du nicht siehst, wie einmalig du bist?
- Wie willst du ein zufriedenes Leben führen, wenn dir nicht bewusst ist, was dir wichtig ist?
- Wie willst du fliegen lernen, wenn du nicht weißt, dass du Flügel hast?

Nutze dieses Workbook daher als eine Entdeckungsreise zu dir selbst und als Wegweiser zu einem Leben in mehr Achtsamkeit und Zufriedenheit.

1
ICH UND MEIN NAME

Bevor wir in den nächsten Kapiteln in dein Wesen, deine Stärken und das, was dich besonders macht, eintauchen und darüber sprechen, wo du herkommst, wo du aktuell stehst und wohin du in deinem Leben möchtest, lass uns hier ganz einfach starten: mit einem schönen und passenden Foto von dir und damit, wie du heißt.

Klebe ein Bild von dir ein, auf dem du dir richtig gut gefällst und voller Überzeugung sagen kannst: Ja, das bin ich.

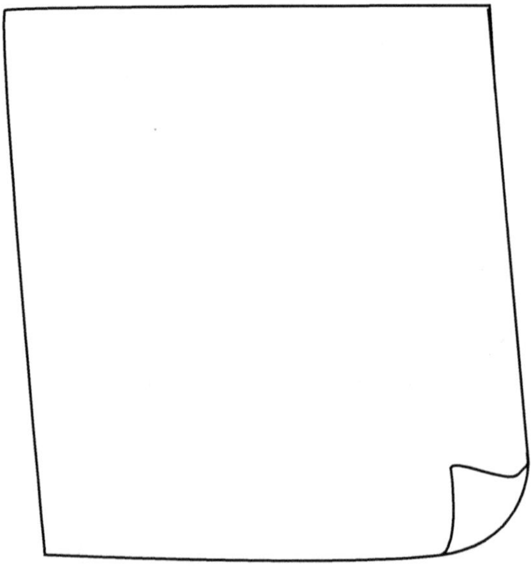

In vielen Sprachen und Kulturen wird dem Namen eines Menschen eine sehr große Bedeutung beigemessen. So ist in diesen Ländern der Prozess der Namensfindung für Kinder eine enorm ernste und oft langwierige Prozedur – schließlich begleitet dieser Name den Menschen sein Leben lang. In unseren Breitengraden geht es oft eher um Elemente wie den Klang eines Namens, wie gut dieser zum Nachnamen oder den Namen der Geschwister passt, wie einfach dieser international auszusprechen oder wie populär er aktuell ist. Die ursprüngliche Bedeutung hat häufig keine allzu große Relevanz. Dennoch bedeutet dein Name für dich natürlich viel, denn mit ihm trittst du in die Welt hinaus, mit ihm wirst du identifiziert. Lass uns also über deinen Namen sprechen.

Wie lautet dein voller Name?

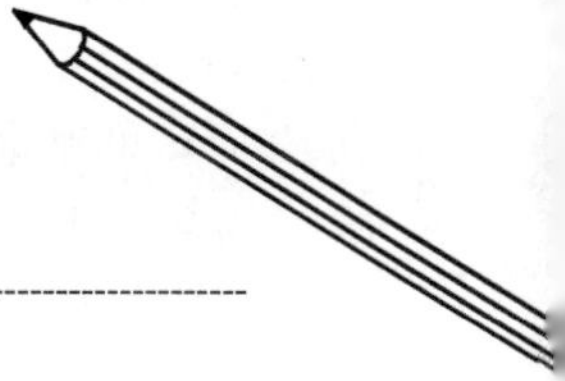

Trägst du einen Titel?

Was ist deine Identifizierung?

Hast du einen oder mehrere Spitznamen?

Hast du einen Kosenamen?

Weißt du, was dein Name bedeutet?

Was bedeutet er dir?

Gefällt dir dein Name?

Welchen (Spitz-)Namen würdest du dir geben, der am besten zu dir passt?

2

MEINE EIGENSCHAFTEN, MEIN WESEN

Jeder Mensch ist einmalig, unvergleichlich, so auch du. Denn die Kombination deiner Eigenschaften, dein Wesen, macht dich zu dem, was du bist – ein einzigartiges Individuum. Und das ist wunderbar.

Betrachte die hier gelisteten Eigenschaften. Bei manchen wird es dir ausgesprochen leichtfallen, zu sagen: »Ja, genau das bin ich.« Diese bekommen die vollen 10 Punkte. Dann gibt es die, bei denen du sagen wirst: »Trifft schon irgendwie zu.« Das sind dann eher die mittleren Punktezahlen. Und dann gibt es jene, die einfach nicht auf dich zutreffen, diese gehen dann eher in Richtung 1 und 0. Wenn du dies gemacht hast, betrachte noch mal die Liste der Eigenschaften und markiere jene Eigenschaften farbig, die eine 10 (gegebenenfalls auch eine 9) erhalten haben, denn dies sind deine prominentesten Wesenseigenschaften. Lass das Ergebnis auf dich wirken und genieße, was du siehst.

Das Schöne an der Übung ist: Es gibt kein Richtig und kein Falsch. Es gibt nur dich, so wie du bist. Natürlich gibt es Bereiche, in denen noch Wachstumspotenzial besteht. Genau deshalb arbeitest du mit diesem Buch. Wenn du also möchtest, darfst du gern in einer zweiten Farbe jene drei bis fünf Eigenschaften markieren, bei denen du dich gern weiterentwickeln würdest. Hast du beispielsweise eine 5 bei »einfühlsam« und wärst in diesem Bereich gern weiter, dann markiere diese Eigenschaft und nimm dir aktiv vor, ab heute bewusster und »einfühlsamer« zu agieren, das ist bereits der erste Schritt. Vergiss aber darüber hinaus nicht das Wichtigste: Sei stolz auf dich und deine Eigenschaften, denn du bist einmalig, und das ist wunderbar.

Hier sind sie nun, die verschiedensten Eigenschaften. Wähle einfach aus, was für dich stimmig erscheint:

	1	2	3	4	5	6	7	8	9	10
Abenteuerlustig	☐	☐	☐	☐	☐	☐	☐	☐	☐	☐
Achtsam	☐	☐	☐	☐	☐	☐	☐	☐	☐	☐
Aktiv	☐	☐	☐	☐	☐	☐	☐	☐	☐	☐
Ambitioniert	☐	☐	☐	☐	☐	☐	☐	☐	☐	☐
Aufgeschlossen	☐	☐	☐	☐	☐	☐	☐	☐	☐	☐
Aufmerksam	☐	☐	☐	☐	☐	☐	☐	☐	☐	☐
Authentisch	☐	☐	☐	☐	☐	☐	☐	☐	☐	☐
Belastbar	☐	☐	☐	☐	☐	☐	☐	☐	☐	☐
Begeisterungsfähig	☐	☐	☐	☐	☐	☐	☐	☐	☐	☐
Bescheiden	☐	☐	☐	☐	☐	☐	☐	☐	☐	☐
Bewusst	☐	☐	☐	☐	☐	☐	☐	☐	☐	☐
Charakterstark	☐	☐	☐	☐	☐	☐	☐	☐	☐	☐
Charismatisch	☐	☐	☐	☐	☐	☐	☐	☐	☐	☐
Charmant	☐	☐	☐	☐	☐	☐	☐	☐	☐	☐
Dankbar	☐	☐	☐	☐	☐	☐	☐	☐	☐	☐
Diplomatisch	☐	☐	☐	☐	☐	☐	☐	☐	☐	☐
Diszipliniert	☐	☐	☐	☐	☐	☐	☐	☐	☐	☐
Durchsetzungsfähig	☐	☐	☐	☐	☐	☐	☐	☐	☐	☐
Ehrgeizig	☐	☐	☐	☐	☐	☐	☐	☐	☐	☐
Ehrlich	☐	☐	☐	☐	☐	☐	☐	☐	☐	☐
Einfühlsam	☐	☐	☐	☐	☐	☐	☐	☐	☐	☐
Eloquent	☐	☐	☐	☐	☐	☐	☐	☐	☐	☐
Empathisch	☐	☐	☐	☐	☐	☐	☐	☐	☐	☐
Engagiert	☐	☐	☐	☐	☐	☐	☐	☐	☐	☐
Entscheidungsfreudig	☐	☐	☐	☐	☐	☐	☐	☐	☐	☐
Entspannt	☐	☐	☐	☐	☐	☐	☐	☐	☐	☐
Extrovertiert	☐	☐	☐	☐	☐	☐	☐	☐	☐	☐
Fair	☐	☐	☐	☐	☐	☐	☐	☐	☐	☐
Fantasievoll	☐	☐	☐	☐	☐	☐	☐	☐	☐	☐
Flexibel	☐	☐	☐	☐	☐	☐	☐	☐	☐	☐
Friedlich	☐	☐	☐	☐	☐	☐	☐	☐	☐	☐

	1	2	3	4	5	6	7	8	9	10
Fröhlich	☐	☐	☐	☐	☐	☐	☐	☐	☐	☐
Fürsorglich	☐	☐	☐	☐	☐	☐	☐	☐	☐	☐
Geduldig	☐	☐	☐	☐	☐	☐	☐	☐	☐	☐
Gelassen	☐	☐	☐	☐	☐	☐	☐	☐	☐	☐
Gerecht	☐	☐	☐	☐	☐	☐	☐	☐	☐	☐
Gewissenhaft	☐	☐	☐	☐	☐	☐	☐	☐	☐	☐
Gläubig	☐	☐	☐	☐	☐	☐	☐	☐	☐	☐
Großzügig	☐	☐	☐	☐	☐	☐	☐	☐	☐	☐
Gutmütig	☐	☐	☐	☐	☐	☐	☐	☐	☐	☐
Harmonisch	☐	☐	☐	☐	☐	☐	☐	☐	☐	☐
Herzlich	☐	☐	☐	☐	☐	☐	☐	☐	☐	☐
Hilfsbereit	☐	☐	☐	☐	☐	☐	☐	☐	☐	☐
Inspirierend	☐	☐	☐	☐	☐	☐	☐	☐	☐	☐
Klar	☐	☐	☐	☐	☐	☐	☐	☐	☐	☐
Kommunikativ	☐	☐	☐	☐	☐	☐	☐	☐	☐	☐
Kreativ	☐	☐	☐	☐	☐	☐	☐	☐	☐	☐
Kritikfähig	☐	☐	☐	☐	☐	☐	☐	☐	☐	☐
Lebensfroh	☐	☐	☐	☐	☐	☐	☐	☐	☐	☐
Lernwillig	☐	☐	☐	☐	☐	☐	☐	☐	☐	☐
Liebevoll	☐	☐	☐	☐	☐	☐	☐	☐	☐	☐
Lösungsorientiert	☐	☐	☐	☐	☐	☐	☐	☐	☐	☐
Loyal	☐	☐	☐	☐	☐	☐	☐	☐	☐	☐
Mitfühlend	☐	☐	☐	☐	☐	☐	☐	☐	☐	☐
Mutig	☐	☐	☐	☐	☐	☐	☐	☐	☐	☐
Natürlich	☐	☐	☐	☐	☐	☐	☐	☐	☐	☐
Offen	☐	☐	☐	☐	☐	☐	☐	☐	☐	☐
Optimistisch	☐	☐	☐	☐	☐	☐	☐	☐	☐	☐
Organisiert	☐	☐	☐	☐	☐	☐	☐	☐	☐	☐
Pragmatisch	☐	☐	☐	☐	☐	☐	☐	☐	☐	☐
Praktisch	☐	☐	☐	☐	☐	☐	☐	☐	☐	☐
Proaktiv	☐	☐	☐	☐	☐	☐	☐	☐	☐	☐
Realistisch	☐	☐	☐	☐	☐	☐	☐	☐	☐	☐
Resilient	☐	☐	☐	☐	☐	☐	☐	☐	☐	☐
Respektvoll	☐	☐	☐	☐	☐	☐	☐	☐	☐	☐

	1	2	3	4	5	6	7	8	9	10
Selbstbewusst	☐	☐	☐	☐	☐	☐	☐	☐	☐	☐
Selbstständig	☐	☐	☐	☐	☐	☐	☐	☐	☐	☐
Selbstreflektiert	☐	☐	☐	☐	☐	☐	☐	☐	☐	☐
Sensibel	☐	☐	☐	☐	☐	☐	☐	☐	☐	☐
Sorgfältig	☐	☐	☐	☐	☐	☐	☐	☐	☐	☐
Stark	☐	☐	☐	☐	☐	☐	☐	☐	☐	☐
Sympathisch	☐	☐	☐	☐	☐	☐	☐	☐	☐	☐
Taktvoll	☐	☐	☐	☐	☐	☐	☐	☐	☐	☐
Tiefgründig	☐	☐	☐	☐	☐	☐	☐	☐	☐	☐
Treu	☐	☐	☐	☐	☐	☐	☐	☐	☐	☐
Unkompliziert	☐	☐	☐	☐	☐	☐	☐	☐	☐	☐
Unternehmungslustig	☐	☐	☐	☐	☐	☐	☐	☐	☐	☐
Unvoreingenommen	☐	☐	☐	☐	☐	☐	☐	☐	☐	☐
Verantwortungsvoll	☐	☐	☐	☐	☐	☐	☐	☐	☐	☐
Vorurteilsfrei	☐	☐	☐	☐	☐	☐	☐	☐	☐	☐
Warmherzig	☐	☐	☐	☐	☐	☐	☐	☐	☐	☐
Wertschätzend	☐	☐	☐	☐	☐	☐	☐	☐	☐	☐
Zuverlässig	☐	☐	☐	☐	☐	☐	☐	☐	☐	☐
Zufrieden	☐	☐	☐	☐	☐	☐	☐	☐	☐	☐

3
MEINE STÄRKEN

Wir alle sind mit einem wundervollen Geschenk auf die Welt gekommen: unseren Stärken. Ähnlich wie bei den Charaktereigenschaften verfügt jeder Mensch über eine einzigartige Kombination aus unterschiedlichen Stärken. Diese machen dich besonders und einmalig. Dabei gibt es weder gute noch schlechte, weder begehrenswertere noch weniger attraktive Stärken. Die Kunst liegt schlichtweg darin, deine Stärken zu (er)kennen und aktiv in deinem Leben zu nutzen.

Viele Menschen sind sich ihrer Stärken jedoch nicht oder viel zu wenig bewusst. Oft sind sie gefangen in einem Leben und in Jobs, die ihrem Stärkenprofil nur wenig entsprechen, und umgeben von Menschen, die kontinuierlich auf ihren Schwächen herumhacken und diese ausmerzen wollen. Welch Verschwendung von Energie und Potenzial!

Das Leben ist so viel einfacher, erfüllender und ergiebiger, wenn wir uns auf unsere ureigenen Stärken fokussieren und mehr von dem tun, was uns sowieso schon liegt. Statt also immer nur Defizite und Schwächen zu bekämpfen, gibt es eine wundervolle Alternative: Stärken zu stärken. Dies funktioniert natürlich nur, wenn du dir deiner Stärken bewusst bist.

Mit rund 30 Millionen Teilnehmern gilt das CliftonStrengths Assessment von Gallup[4] als weltweit führend im Bereich der Identifizierung persönlicher Stärken. Die 34 Stärken (die Gallup im Englischen als »strengths« und im Deutschen als »Talente« bezeichnet) werden dabei in vier Bereiche kategorisiert: strategisches Denken, Einflussnahme, Beziehungsaufbau und Durchführung sind das Ergebnis jahrzehntelanger Erforschung der erfolgreichsten Menschen der Welt. »Gemeinsam ermöglichen es die Talentthemen, ein einfaches, doch tiefgründiges Element des menschlichen Verhaltens zu erklären: das, was den wahren Kern einer Person ausmacht.«

Für dich persönlich bieten sich durch die CliftonStrengths-Methode von Gallup zwei wundervolle Möglichkeiten: zum einen zu verstehen, was du von Natur aus am besten kannst, und dein Leben zumindest ein klein wenig mehr nach diesem Geschenk auszurichten. Zum anderen wirst du sehen, dass jeder Mensch eine völlig unterschiedliche Konstellation an Stärken besitzt. Kommt es also in deiner Partnerschaft oder im Beruf zu Missverständnissen oder gelingt es dir nicht, dein Gegenüber für eine Idee zu begeistern, dann liegt es vielleicht einfach daran, dass dieser Mensch konträre Stärken besitzt und deinem leidenschaftlich vorgebrachten, strategisch für dich so klaren, visionären Ansatz gar nicht folgen kann, weil er als Analytiker in der Welt der Daten, des Kontextes und der Absicherungen lebt. Wie so oft im Leben gibt es nicht nur eine Wahrheit. Doch es hilft ungemein, dir deiner eigenen Stärken wie auch der Stärken deines Gegenübers bewusst zu werden, um somit einen für beide funktionierenden Weg zu beschreiten.

Lies dir nun in Ruhe die 34 verschiedenen Stärken durch – vermutlich fällt es dir relativ leicht, die fünf zutreffendsten zu identifizieren und für dich zu markieren. Mehr Details sowie den offiziellen Test zu den 34 CliftonStrengths-Talenten findest du auf: www.gallup.com.

Strategisches Denken

- Analytisch: Als analytischer Denker bist du ständig auf der Suche nach Gründen und Ursachen und machst dir ein genaues Bild aller Faktoren, die eine Situation beeinflussen.

- Kontext: Ist bei dir das Thema Kontext stark ausgeprägt, machst du dir gern Gedanken über die Vergangenheit, gerade um die Gegenwart besser zu verstehen.
- Zukunftsorientiert: Bist du zukunftsorientiert, lässt du dich von dem, was kommt, inspirieren. Deine Vorstellung der Zukunft wirkt ansteckend.
- Vorstellungskraft: Verfügst du über eine starke Vorstellungskraft, so faszinieren dich neue Ideen und du siehst Verbindungen in scheinbar zusammenhanglosen Phänomenen.
- Ideensammler: Als Ideensammler liebst du es, Dinge zu sammeln und zu archivieren: Informationen, Ideen, Gegenstände oder sogar Beziehungen.
- Intellekt: Hast du einen stark ausgeprägten Intellekt, so bist du geistig aktiv. Du beobachtest dich gern selbst und genießt Diskussionen mit intellektuellem Anspruch.
- Wissbegierde: Als wissbegieriger Mensch lernst du für dein Leben gern und möchtest dich stetig verbessern. Dabei ist der Lernprozess für dich wichtiger als das Ergebnis.
- Strategie: Als strategischer Denker hältst du ständig Alternativen bereit. In jeder beliebigen Situation hast du einen Blick für die relevanten Muster.

Einflussnahme

- Tatkraft: Verfügst du über Tatkraft, so setzt du Gedanken in die Realität um und möchtest Dinge sofort anpacken, anstatt nur über sie zu reden.
- Autorität: Mit einer stark ausgeprägten Autorität verfügst du über Präsenz und bist Herr der Lage. Du hast keine Schwierigkeiten, Entscheidungen zu treffen.
- Kommunikationsfähigkeit: Ist deine Kommunikationsfähigkeit stark ausgeprägt, so fällt es dir leicht, deine Gedanken in Worte zu fassen. Du bist ein guter Gesprächspartner und Moderator.

- Wettbewerbsorientierung: Bist du wettbewerbsorientiert, misst du deinen Fortschritt gern an anderen, liebst Wettkämpfe und strebst nach Siegen.
- Höchstleistung: Ist dein Talent Höchstleistung, konzentrierst du dich auf Stärken, um sowohl im Persönlichen als auch in der Gruppe möglichst optimale Ergebnisse zu erreichen. Du strebst danach, Stärken maximal auszubauen.
- Selbstbewusstsein: Dein Selbstbewusstsein erlaubt es dir, Risiken einzugehen, denn du weißt, dass du dein Leben meistern wirst. Dein innerer Kompass gibt dir Sicherheit bei Entscheidungen.
- Bedeutsamkeit: Verfügst du über Bedeutsamkeit, so übst du gern Einfluss aus, hast ein großes Unabhängigkeitsgefühl und bewertest Dinge nach deren Auswirkungen.
- Kontaktfreudigkeit: Als kontaktfreudiger Mensch hast du Freude daran, auf Unbekannte zuzugehen und diese für dich zu gewinnen.

Beziehungsaufbau

- Anpassungsfähigkeit: Aufgrund deiner Anpassungsfähigkeit schwimmst du gern mit dem Strom. Du lebst eher im Heute und nimmst die Dinge, wie sie sind.
- Verbundenheit: Dieses Talent vermittelt dir das Gefühl, dass alle Dinge miteinander verbunden sind. Zufall gibt es für dich nicht, denn alles, was geschieht, hat einen Sinn.
- Entwicklung: Aufgrund dieses Talentes erkennst und entwickelst du gern das Potenzial anderer und siehst häufig Verbesserungspotenzial.
- Einfühlungsvermögen: Dein Einfühlungsvermögen ermöglicht es dir, die Gefühle anderer Menschen nachzuvollziehen und dich in die Lage deiner Mitmenschen hineinzuversetzen.
- Harmoniestreben: Aufgrund deines Harmoniestrebens hast du keine Freude an Konflikten, sondern suchst stetig

nach Übereinstimmung und bemühst dich um gegenseitiges Verständnis.

- Integrationsbestreben: Ist dieses Talent bei dir ausgeprägt, strebst du danach, dass alle Menschen akzeptiert und einbezogen werden. Du integrierst die, die ausgeschlossen sind.
- Einzelwahrnehmung: Aufgrund deiner Einzelwahrnehmung liebst du die einzigartigen Eigenschaften der Menschen und siehst, welchen Benefit diese Verschiedenartigkeit hat.
- Positive Einstellung: Mit deinem Optimismus und deiner positiven Einstellung steckst du dein Umfeld an und reißt andere Menschen mit.
- Bindungsfähigkeit: Deine ausgeprägte Bindungsfähigkeit ist die Basis für enge Beziehungen mit anderen. Es erfüllt dich, gemeinsam mit engen Verbündeten an Themen zu arbeiten.

Durchführung

- Leistungsorientierung: Durch deine Leistungsorientierung hast du großes Durchhaltevermögen und Ausdauer. Produktives Handeln gibt dir tiefe Befriedigung.
- Arrangeur: Als Arrangeur kannst du besonders gut organisieren und verfügst über große Flexibilität. Du genießt es, bestmögliche Ergebnisse mit den zur Verfügung stehenden Mitteln zu erzielen.
- Überzeugung: Dein stabiles Wertesystem basiert auf deinen ausgeprägten Werten und Überzeugungen, daraus ziehst du den Sinn des Lebens.
- Gleichbehandlung: Aufgrund dieses Sinns behandelst du Menschen gern gleich. Feste Routinen, klare Regeln und Abläufe sind dir als Orientierung wichtig.
- Behutsamkeit: Als behutsamer Mensch hast du eine erkennbare Ernsthaftigkeit, mit der du Entscheidungen fällst, und einen guten Blick für mögliche Schwierigkeiten.
- Disziplin: Aufgrund deiner Disziplin liebst du Routine und

Struktur. Du erklärst dir die Welt durch die von dir erschaffene Ordnung.

- Fokus: Dein Fokus ist die Basis für deine klare Zielsetzung sowie gegebenenfalls notwendige Korrekturen. Du folgst den von dir gesetzten Prioritäten.
- Verantwortungsgefühl: Aufgrund deines ausgeprägten Verantwortungsgefühls hältst du dich an Zusagen, die du gemacht hast. Ehrlichkeit und Loyalität haben einen hohen Stellenwert.
- Wiederherstellung: Deine Gabe der Wiederherstellung ermöglicht es dir, geschickt mit den verschiedensten Schwierigkeiten umzugehen. Du siehst und löst Probleme im Handumdrehen.

Übersicht:

Strategisches Denken

- Analytisch
- Kontext
- Zukunftsorientiert
- Vorstellungskraft
- Ideensammler
- Intellekt
- Wissbegierde
- Strategie

Beziehungsaufbau

- Anpassungsfähigkeit:
- Verbundenheit
- Entwicklung
- Einfühlungsvermögen
- Harmoniestreben
- Integrationsbestreben
- Einzelwahrnehmung
- Positive Einstellung
- Bindungsfähigkeit

Einflussnahme

- Tatkraft
- Autorität
- Kommunikationsfähigkeit
- Wettbewerbsorientierung
- Höchstleistung
- Selbstbewusstsein
- Bedeutsamkeit
- Kontaktfreudigkeit

Durchführung

- Leistungsorientierung
- Arrangeur
- Überzeugung
- Gleichbehandlung
- Behutsamkeit
- Disziplin
- Fokus
- Verantwortungsgefühl
- Wiederherstellung

Konntest du dich wiederfinden, deine eigenen Stärken erkennen und sehen, wie sehr einzelne der Talente zu dir passen? Hast du eventuell bei der ein oder anderen Beschreibung auch an andere Menschen wie Partner, Kollegen, Freunde gedacht? Dies ist ein wertvoller Schritt dabei, zu erkennen, inwieweit wir alle unterschiedlich sind und das Leben deutlich einfacher wird, wenn wir uns unserer Stärken wie auch der unserer Mitmenschen bewusst sind. Jetzt liegt es an dir, deinen persönlichen Stärken in deinem Leben genügend Raum zu geben. Dies kann im Privaten wie auch im Beruflichen erfolgen. Sei mutig und mach mehr von dem, was dir Freude bereitet und was du kannst.

»Wenn du dein Potenzial entfalten willst, dann fokussiere dich voll auf deine Stärken.«

4

MEINE WERTE

Werte sind tief verankerte moralische Überzeugungen und Ideale, nach denen wir unser Leben gestalten. Sie basieren auf unserer Geschichte, unserer Erziehung, unserem Umfeld und dem, was für uns wichtig ist. Je älter wir werden, umso mehr verändern sich unsere Werte oft weg von dem, was uns in der kindlichen Konditionierung von außen als Wert mitgegeben wurde, hin zu dem, was wirklich für uns als erwachsenes Individuum zählt. In der Werte-Forschung ist immer wieder davon die Rede, dass das, wonach wir uns im Leben am meisten sehnen, das, was wir in unserer Kindheit vermisst haben und vielleicht noch heute vermissen, die Basis unserer eigenen Werte bildet. Im Endeffekt reflektieren die Werte damit genau das, was wir uns in unserem Leben am meisten wünschen und was für uns am wichtigsten ist.

Was bedeutet das für dich? Es bedeutet vor allem, dass es okay ist, wenn sich deine Werte verändern. Es bedeutet auch, dass es okay ist, wenn du dich von deinen erlernten Werten verabschiedest und jene Werte in dein Leben integrierst, die heute zu 100 % dir und deinem Wesen entsprechen. Bei deinen Werten geht es nicht darum, der Gesellschaft, deinem Partner, deinen Eltern, der Kirche, deinen Lehrern oder sonst irgendjemandem zu gefallen. Es geht nur darum, für dich zu spüren, was für dich zählt, und dies auch zuzulassen.

Deine Werte als Wegweiser helfen dir bei der Entscheidungsfindung. Sie helfen dir dabei, zu erkennen, ob dein eigenes oder fremdes Verhalten, Situationen, Dinge oder Menschen gut für dich sind. Ist etwas in Übereinstimmung mit deinen Werten, fühlt es sich richtig an. Und umgekehrt.

Für mehr Zufriedenheit im Leben ist es daher wichtig, dass du dir deiner eigenen Werte bewusst wirst, diese als entscheidenden Teil deiner Identität akzeptierst und sie als Navigationshilfe aktiv in dein Leben integrierst.

Betrachte jetzt die folgende Auflistung an Werten und umkreise, ohne groß nachzudenken, die fünf Begriffe, die sich am besten anfühlen. Und wenn es sechs werden, dann lächle, denn dann warst du einfach großzügig mit dir selbst.

Authentizität
Anerkennung
Begeisterung
Bescheidenheit
Dankbarkeit
Demut
Disziplin
Effizienz
Ehrlichkeit
Empathie
Entschlossenheit
Flexibilität
Fairness
Freude
Freundschaft
Frieden
Geduld
Gerechtigkeit
Gesundheit
Großzügigkeit
Güte
Harmonie
Herzlichkeit
Hilfsbereitschaft
Integrität

Klarheit
Konsequenz
Kreativität
Leidenschaft
Leichtigkeit
Liebenswürdigkeit
Loyalität
Mitgefühl
Mut
Nachhaltigkeit
Nächstenliebe
Neutralität
Neugier
Offenheit
Optimismus
Ordnung
Pflichtgefühl
Professionalität
Pünktlichkeit
Realismus
Respekt
Rücksichtnahme
Ruhe
Sanftmut
Selbstdisziplin

Selbstvertrauen
Sensibilität
Sicherheit
Sparsamkeit
Standfestigkeit
Sympathie
Spontaneität
Toleranz
Tradition
Transparenz
Treue
Unabhängigkeit
Verlässlichkeit
Vergebung
Vertrauen
Wellbeing / Wohlbefinden
Wertschätzung
Würde
Zuverlässigkeitt

Blicke nun in Ruhe auf deine Auswahl. Sind dies wirklich deine ureigensten Werte? Reflektieren sie genau das, was dir im Leben am wichtigsten ist? Oder sind sie vielleicht doch eher jene Werte, die du erlernt hast und die gar nicht (mehr) so richtig zu dir passen? Hinterfrage jeden einzelnen der fünf Werte: Wo kommt er her? Was bedeutet er für dich? Wie fühlt er sich an? Und dann geh zurück zu der Liste und höre tief in dich hinein. Nimm einen farbigen Stift und umkreise in diesem zweiten Schritt die fünf Werte, die deine echten Herzens-Werte sind, nach denen du ab heute dein Leben ausrichten möchtest. Die jetzt umkreisten Werte können dabei durchaus andere sein als bei deiner ersten Auswahl. Feiere diesen Schritt, denn er ist eine wertvolle Säule auf dem Weg zu mehr Achtsamkeit und Zufriedenheit.

»Traue dich, dein Leben nach deinen ureigensten Werten zu leben.«

5

DARAUF KANN ICH STOLZ SEIN

Es hat nichts, aber auch gar nichts mit Arroganz zu tun, wenn du stolz auf dich bist: auf das, was du in deinem Leben erreicht hast, auf die vielen Herausforderungen, die du gemeistert hast, die unzähligen Male, die du andere zum Lachen gebracht hast, die Momente, in denen du für dein Umfeld da warst, die Familie, die du vielleicht gegründet, und die Kinder, denen du das Leben geschenkt hast, die Freundschaften, die du aufgebaut hast, die kleinen und großen Gesten, die du deinen Mitmenschen entgegengebracht hast, die Momente, in denen du dich aufrichtig für einen Fehler entschuldigt hast, die Bereitschaft, Zeit in dich zu investieren und zu wachsen, die Liebe, die du gibst, aber vor allem die einmalige Person, die du bist, mit all ihren wundervollen Facetten, Stärken, Eigenschaften und Besonderheiten. Dieses Kapitel ist in Freude und Dankbarkeit dir gewidmet – sei stolz auf dich!

Beantworte die folgenden Fragen frei und voller Stolz – denn das darfst du sein. Falls dich nach wie vor ein kleines bisschen Scham und Angst vor Arroganz und Überheblichkeit zurückhalten, dann stell dir einfach vor, du wärst deine engste Freundin und würdest die folgenden Fragen aus ihrer Perspektive für dich beantworten. Schlüpfe also in ihre Rolle und schreibe nieder, was für ein besonderer Mensch du bist. Vielleicht fällt dir das leichter. Und wenn eine Frage mal nicht auf dich zutrifft, dann überspringe diese einfach.

Was ist die größte Herausforderung, die du in deinem Leben gemeistert hast?

Wann hast du dich aufrichtig für einen Fehler entschuldigt?

Welcher Teil deines Körpers gefällt dir am besten?

Welche deiner Eigenschaften sind einfach nur wundervoll?

Auf welchen Bereich deines Lebens bist du besonders stolz?

Was hast du beruflich erreicht?

Gibt es etwas aus deiner Schulzeit, dass dich noch heute mit Stolz erfüllt?

Wann ist es dir gelungen, standfest zu sein und einer Versuchung zu widerstehen?

Welches Hobby, das du verfolgst, ist irgendwie besonders oder cool?

Was hast du sportlich schon Tolles gemacht, ausprobiert oder erreicht?

In welchem besonderen Land warst du schon?

Wann hast du das letzte Mal richtig Größe bewiesen?

Auf welche zwischenmenschliche Beziehung bist du besonders stolz?

Wann warst du für einen anderen Menschen da und hast diesem geholfen?

Worauf bist du in deiner Elternrolle besonders stolz?

Für welchen Menschen warst und bist du eine Inspiration?

Bei welchem deiner Werte gelingt es dir, zu 100 % nach ihm zu leben?

Inwieweit hast du dich als Person in den letzten Jahren weiterentwickelt?

Welche deiner nicht so grandiosen Eigenschaften konntest du bereits erfolgreich ablegen?

Wann bist du für dich eingestanden und hast aktiv Grenzen gesetzt?

In welcher Situation bist du besonders achtsam mit dir umgegangen?

Und jetzt schreibe noch drei weitere Dinge auf, auf die du stolz bist, und dann lehne dich zurück und genieße die Liste, die wundervollen Erinnerungen und all die Dinge, die dir bereits gelungen sind.

1) ____________________

2) ____________________

3) ____________________

»Es ist völlig okay,
dir auch mal selbst auf die
Schulter zu klopfen.«

6

DAS SCHÄTZEN ANDERE AN MIR

Wertschätzung ist Balsam für die Seele und für das Wohlbefinden eines Menschen von essenzieller Bedeutung. Von anderen gesehen, geachtet, gelobt, anerkannt oder gewürdigt zu werden, ist daher nicht nur etwas Wundervolles, sondern für uns Menschen, die wir soziale Wesen sind, ein wichtiger Bestandteil für ein glückliches und zufriedenes Leben. Dabei muss es gar nicht immer das große Lob, der von Herzen kommende Dankesbrief oder die öffentliche Respektbekundung sein. Schon kleine Gesten wie ein Lächeln, das Aufhalten einer Tür, eine liebevolle Berührung oder ein freundlicher Gruß können Wertschätzung ausdrücken. Ein großer Schritt in Richtung Achtsamkeit und Zufriedenheit im eigenen Leben besteht darin, die uns entgegengebrachte Wertschätzung zum einen wahrzunehmen, zum anderen auch anzunehmen, und genau darin liegt oft die Krux.

Wie oft habe ich gehört: »Du hast gut reden, du bekommst ja dauernd Wertschätzung – ich dagegen nie ...« Schon irgendwie doof. Vielleicht kannst du dich damit identifizieren, denn auch du wirst nie oder viel zu selten wertgeschätzt. Doch ist diese Wahrnehmung überhaupt richtig? Bei genauerer Betrachtung geht es den meisten Menschen nämlich so, dass sie wertschätzende Worte und Gesten schlichtweg übersehen, vergessen oder oft nicht richtig annehmen. Auch ich bin vor dieser Wertschätzungs-Ignoranz-Falle nicht immer gefeit. Was dabei helfen kann, die unterschiedlichsten Ausdrücke an Wertschätzung besser aufzunehmen und langfristig genießen zu können, sind zwei ganz einfache Dinge: Erstens, wenn dir Wertschätzung entgegengebracht wird, halte kurz inne, wiederhole die Worte oder verinnerliche die Geste für dich, atme tief ein und genieße den Moment aus ganzem Herzen. Damit kommt diese in deinem gesamten System an. Zweitens, und dies ist eine so wundervolle und gleichermaßen hilfreiche Idee, die viele meiner Freunde und Klienten mittlerweile erfolgreich umgesetzt haben: Lege dir in der Fotoapp auf deinem Handy einen Wertschätzungs-Ordner an. In diesen Ordner kommen Screenshots und Fotos von berührenden WhatsApp-Nachrichten, tollem Feedback, bezaubernden Gesten, liebevollen Weihnachtskarten, würdigenden Dankesmails und vielem mehr. Die Fotos müssen dabei nicht von guter Qualität sein. Das Einzige, was zählt, sind die strahlenden Nachrichten, die sie abbilden oder verkörpern: ein Foto von der Torte, die dein Team zu deinem Geburtstag gebacken hat, das Bild, das dein Kind für dich gemalt hat, die Rosen, die dir dein Partner geschenkt hat, der herzliche Post-it-Gruß, den dir die Kollegin hinterlassen hat, oder die liebevollen Worte, die dein Nachbar gesprochen hat (schreibe diese einfach auf einen Zettel auf und mach ein Bild davon). All dies darf hinein in deinen persönlichen Wertschätzungs-Ordner. Lege dir diesen doch einfach noch heute an und fang an, all das zu sammeln, was dein Umfeld dir in dieser Beziehung schenkt. Du wirst schnell sehen, wie sehr du von den Menschen um dich herum geschätzt wirst und wie gut dir deren liebevolle Worte und Gesten tun. Gerade wenn es dir einmal nicht so gut geht, wenn sich ›die Welt gegen dich verbündet hat‹, alles schiefläuft und du mit deinen Emotionen kämpfst – dann ist dies genau der richtige Moment, den Ordner zu öffnen, die bezaubernden Nachrichten und Bilder zu betrachten und die Wärme der Wertschätzung in deinem Herzen zu spüren.

Um gleich die ersten Einträge für deinen neuen Ordner zu haben, beantworte die folgenden Fragen, so gut es geht.

Erinnere dich an eine Situation in den letzten Tagen/Wochen, in der dir etwas Wertschätzendes von einem anderen Menschen gesagt wurde:

Erinnere dich an eine Situation in den letzten Tagen/Wochen, in der dir ein Fremder ein herzliches Lächeln geschenkt hat:

Erinnere dich an eine Situation in den letzten Tagen/Wochen, in der dir ein Fremder mit einer respektvollen Geste Wertschätzung entgegengebracht hat:

Suche eine Nachricht auf deinem Telefon heraus, in der dir eine Person etwas wirklich Berührendes geschrieben hat:

Beschreibe eine Situation, in der Menschen aus deinem Umfeld ihre Wertschätzung für dich öffentlich ausgedrückt haben:

Erinnere dich an einen Moment in nicht zu ferner Vergangenheit, in dem sich ein Mensch von Herzen bei dir bedankt hat:

Wer war die letzte Person, die dich in den Arm genommen hat:

Wann hast du das letzte Mal gespürt oder gesagt bekommen, dass du für jemanden wichtig bist:

Ich hoffe, du hattest viel Freude dabei, dir diese Momente der Wertschätzung ins Gedächtnis zu rufen und sie durch das Aufschreiben noch einmal emotional zu durchleben. Fotografiere sie jetzt noch ab und lege diese Bilder in den Ordner – damit sind sie konserviert für die Ewigkeit und können dir auch in der Zukunft ein Lächeln auf die Lippen zaubern.

Ein letzter kleiner Hinweis: Vergiss nie, dass es anderen genauso guttut wie dir, wertgeschätzt zu werden, und dass Wertschätzung ein Geschenk ist, das den Geber wie den Empfänger gleichermaßen beschert.

»Wertschätzung ist Balsam für die Seele.«

(Lebensweisheit)

7

DAS MACHT MICH BESONDERS

Ich bin als eineiiger Zwilling aufgewachsen und habe in meinem Leben gefühlt Millionen Male folgende Worte gehört: »Oh, dich gibt es ja zweimal.« Nein! Mich gibt es nicht zweimal. Auch wenn eineiige Zwillinge ein genetischer Sonderfall sind und meine Zwillingsschwester und ich uns gerade als Kinder extrem ähnlich waren, ist doch jede von uns ein eigenes Individuum, mit eigenem Wesen, eigenen Stärken, Besonderheiten und einem ganz eigenen Kopf. Denn jeder Mensch auf diesem wundervollen Planeten ist einmalig. Genauso wie auch du. Du bist einmalig. Du bist einzigartig. Du bist besonders.

Vielleicht denkst du gerade: »Ach, ich bin doch ganz normal. Ich bin doch nichts Besonderes.« Doch damit liegst du falsch. Nur weil du kein gefeierter Popstar, keine Greta Thunberg, Mutter Teresa oder ein hochdotierter Nobelpreisträger bist, heißt das noch lange nicht, dass du nicht dennoch ein wundervoll einzigartiger Mensch bist.

Bei deiner Geburt hast du eine Vielzahl an Geschenken in deine Wiege gelegt bekommen. Du hast dich entfaltet, bist körperlich und geistig gewachsen, eigenständig geworden und hast dich zu der Person entwickelt, die du heute bist. Mit all ihren glänzenden Facetten. Nimm dir nun die Zeit, dir dieser strahlenden Facetten bewusst zu werden und voller Achtsamkeit und Selbstliebe auf das zu blicken, was dich so besonders macht.

Welches deiner körperlichen Merkmale ist besonders attraktiv?

Was kannst du sportlich oder an Hobbies besonders gut?

Welche Eigenschaft macht dich zu einem besonderen Menschen?

Was kannst du in deiner Familie oder bei der Arbeit besonders gut?

Welche Herausforderung hast du überwunden, die extrem schwer zu meistern war?

Was macht dich zu einem besonderen Elternteil oder einem besonderen Menschen für jemand Jüngeren?

Was macht dich für deine Freunde zu einer besonders wertvollen Person?

Was hast du (Kleines oder Großes) gemacht, das einfach nur einmalig und genial ist?

Gibt es etwas Lustiges, das dich besonders macht (hast du zum Beispiel als Kind den ersten Preis beim lokalen Jodelwettbewerb gewonnen)?

Was ist deine Superpower, deine ganz spezielle Kraft?

»Du bist einmalig.«

8

DAS MACHT MICH GLÜCKLICH

Glücklichsein ist viel einfacher als oft gedacht. Denn es liegt in unseren eigenen Händen, uns ein Leben voller Glück und Zufriedenheit zu gestalten. Bereits der große französische Philosoph Voltaire erkannte im 18. Jahrhundert, wie »förderlich« dies sei und dass wir selbst der Schlüssel zum glücklich sein seien: »Da es sehr förderlich ist für die Gesundheit, habe ich beschlossen, glücklich zu sein.« Das Glück kommt dabei nicht von außen und wir müssen auch nicht darauf warten, dass es uns findet. Nein, wir selbst sind für unser Glück und unsere Zufriedenheit verantwortlich! Sie kommen aus unserem tiefsten Inneren und sind das Ergebnis einer bewussten Entscheidung. Um diese Entscheidung besser zu verankern, schreibe den Satz gern für dich auf.

Ich beschließe hiermit, ab heute glücklicher und zufriedener zu sein.

Doch mit der Entscheidung allein ist es noch nicht getan. Achtsam zu sein heißt auch, sich ganz bewusst Zeit zu nehmen, glücklich zu sein. »Do more of what makes you happy« ist eine viel zitierte Lebensweisheit. Sie beschreibt den wichtigen zweiten Schritt: Kreiere dir Glücksmomente. Jeden einzelnen Tag. Dabei geht es nicht darum, täglich das Hoch der Everest-Erstbesteigung zu spüren, erneut die Euphorie nach der Geburt deines Kindes zu durchleben oder das Prickeln, das du bei deiner letzten Beförderung empfunden hast. Es geht um kleine Glücksmomente. Um Augenblicke, die dir ein zufriedenes Lächeln auf die Lippen zaubern, ein wohliges Gefühl vermitteln, die deine Batterien aufladen, Stress abbauen und dich sagen lassen: »Das ist ein guter Moment.«

Überlege nun, wie es dir gelingen kann, dir jeden Tag aufs Neue kleine (und manchmal auch große) Glücksmomente zu kreieren. Genieße diese ganz bewusst!

Was beschert dir einen guten Start in den Tag?

Welche Tätigkeiten machen dich glücklich?

Welche Musik bringt dich richtig in Schwung?

Welche Art von Bewegung tut dir gut?

Welche Menschen schenken dir Energie?

Welche Menschen bringen dich zum Lachen?

An welchen Orten fühlst du dich besonders wohl?

Welche Arbeit macht dich glücklich?

Welche Bücher oder Podcasts tun dir gut?

Von welchen Menschen kannst du dich inspirieren lassen?

Diese Antworten sind nicht lediglich Antworten auf Fragen in einem Buch. Diese Antworten sind der Schlüssel zu deinem Glück! Bewahre sie dir also in deinem Herzen auf und nutze sie jeden Tag.

Kommen wir zum dritten Schritt für mehr Glück und Zufriedenheit in deinem Leben: dem aktiven Weglassen. Analog zu »Do more of what makes you happy« geht es darum: »Cut the crap that makes you unhappy.« Vermeide also so weit wie möglich das, was dich unglücklich macht. Beantworte die Fragen mit Ja, Jein oder Nein:

Bist du jemand, der gern jammert und schimpft?

☐ **Ja** ☐ **Jein** ☐ **Nein**

Bist du jemand, der gern recht behält?

☐ **Ja** ☐ **Jein** ☐ **Nein**

Bist du jemand, der sich viel ärgert?

☐ **Ja** ☐ **Jein** ☐ **Nein**

Bist du jemand, der gern vergleicht?

☐ **Ja** ☐ **Jein** ☐ **Nein**

Bist du jemand, der gern be- oder sogar verurteilt?

☐ **Ja** ☐ **Jein** ☐ **Nein**

Bist du jemand, der gern lästert?

☐ **Ja** ☐ **Jein** ☐ **Nein**

Bist du jemand, der sich viel beschwert?

☐ **Ja** ☐ **Jein** ☐ **Nein**

Bist du jemand, der gern die Verantwortung auf andere abschiebt?

☐ **Ja** ☐ **Jein** ☐ **Nein**

Bist du jemand, der sich so für andere einsetzt, dass er damit oft sich selbst vergisst?

☐ **Ja** ☐ **Jein** ☐ **Nein**

Bist du jemand, der sich zu viel mit negativen Menschen umgibt?

☐ **Ja** ☐ **Jein** ☐ **Nein**

Bist du jemand, der sich zu viele Gedanken darüber macht, was andere denken und sagen?

☐ **Ja** ☐ **Jein** ☐ **Nein**

Bist du jemand, der sich vielleicht sogar in seinem Unglück suhlt?

☐ **Ja** ☐ **Jein** ☐ **Nein**

Überall, wo du mit Ja oder Jein geantwortet hast, verhinderst du aktiv dein eigenes Glück. Versuche, dich Schritt für Schritt hiervon zu lösen. Lege beispielsweise ein gutes Lied auf, wenn du dich dabei erwischst, zu lästern oder zu schimpfen. Damit kommst du gleich auf völlig andere Ideen.

»Do more of what makes you happy.«

(Lebensweisheit, zu Deutsch:
Mach mehr von dem, was dich glücklich macht.)

Part 2

— WO KOMME ICH HER —

Wo komme ich her?

Dich mit deinen Wurzeln auseinanderzusetzen und diese zu verstehen, ist ein wichtiger Schritt auf deiner Reise hin zu mehr Achtsamkeit und Zufriedenheit.

So sehr es beim Thema Achtsamkeit darum geht, im Hier und Jetzt zu sein, so wichtig ist es, dir an dieser Stelle einen bewussten Blick in den Rückspiegel zu gestatten, dich mit deiner Familie, deiner Herkunft, deiner Prägung und dem zu befassen, was du bis jetzt erlebt hast. Denn erst das Bewusstsein über deine Vergangenheit wird es dir ermöglichen, deren Auswirkungen in der Gegenwart zu verstehen.

Verstehst du deine Herkunft und deine Vergangenheit, so verstehst du besser, warum du bist, wer du bist, warum du dich verhältst, wie du dich verhältst, und wieso du gewisse Eigenschaften und Werte hast. Dieses Verständnis ist wesentlich für deinen gesamten Lebensweg, denn erst wenn du weißt, woher du kommst, wird es dir gelingen zu sehen, wohin du willst. Vor allem aber ist das Wissen um deine Wurzeln wichtig für die Entwicklung hin zu mehr Achtsamkeit in deinem Leben, und damit zu mehr Zufriedenheit.

9

MEINE FAMILIE

Die Familie eines Menschen ist in vielerlei Hinsicht wie die Wurzel eines Baumes. Dort ist der Mensch verankert, dort findet er Halt, dort ist seine Heimat. Im Idealfall. In der Realität sind Familien jedoch häufig deutlich komplexer. Immer wieder werden Familien durch Trennung, Krankheit oder sogar Tod auseinandergerissen, zum Teil fügen sie sich neu zusammen, aus dem klassischen Vater-Mutter-Kind wird Patchwork oder ein alleinerziehender Elternteil. Dazu kommen neue Familienformen mit gleichgeschlechtlichen Eltern, Spender-Vätern, Surrogat-Müttern, Adoptionen und vieles mehr, das die historisch so klare Verankerung eines Menschen in dessen biologischer Familienstruktur herausfordert und Flexibilität aller Beteiligten fordert. Auch kommt es im realen Leben leider immer wieder dazu, dass Familienmitglieder sich verzanken, Kinder mit ihren Eltern brechen oder umgekehrt, und auch dies das vielversprechende Bild der Verwurzelung, des Krafttankens innerhalb der Familie trübt.

Wie steht es um deine Familie? In welcher Konstellation bist du groß geworden? Wie geht es dir, wenn du an deine Eltern, deine Geschwister, die Familie deiner Kindheit und Jugend denkst?

Suche nun ein oder mehrere Fotos deiner Ursprungs-Familie heraus und klebe diese hier ein. Wähle entweder ein Familienfoto oder erstelle eine Collage aus den Familienmitgliedern deiner Kindheit und Jugend. Geliebte Haustiere darfst du selbstverständlich gern dazunehmen.

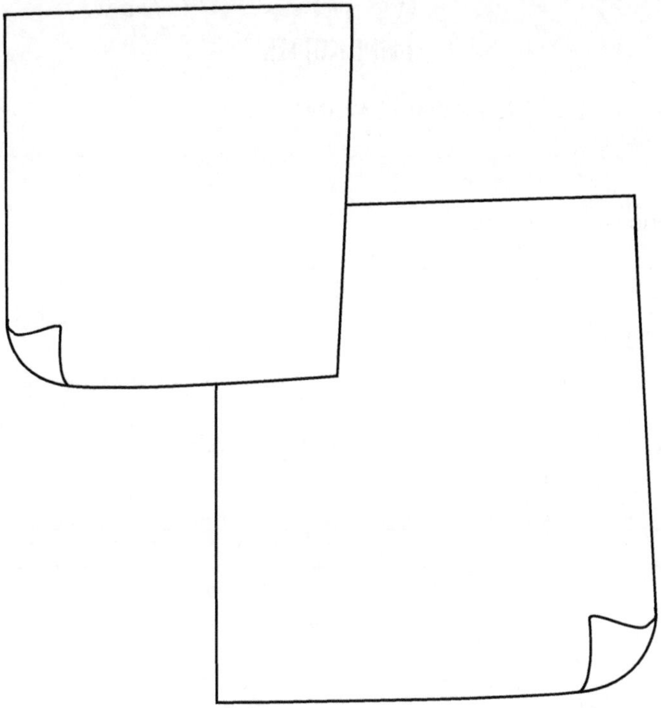

Was ist an deiner Familie besonders?

Wofür schätzt du deine Familie am meisten?

Was konnte dir deine Familie für dein Leben mitgeben?

DEINE MUTTER

Wie lautet der Name deiner Mutter?

Wann ist sie geboren?

Wo wurde sie geboren?

In welchen Umständen ist sie groß geworden?

Durfte sie eine Ausbildung genießen?

Was macht sie/was hat sie beruflich gemacht?

Was waren die wichtigsten Stationen im Leben deiner Mutter?

Was sind die wichtigsten Charaktereigenschaften deiner Mutter?

DEIN VATER

Wie lautet der Name deines Vaters?

Wann ist er geboren?

Wo wurde er geboren?

In welchen Umständen ist er groß geworden?

Durfte er eine Ausbildung genießen?

Was macht er/was hat er beruflich gemacht?

Was waren die wichtigsten Stationen im Leben deines Vaters?

Was sind die wichtigsten Charaktereigenschaften deines Vaters?

DEINE ELTERN

Hier ist Raum für Bilder deiner Eltern, einzeln, zusammen, mit dir, ohne dich, einfach so, wie es am stimmigsten erscheint.

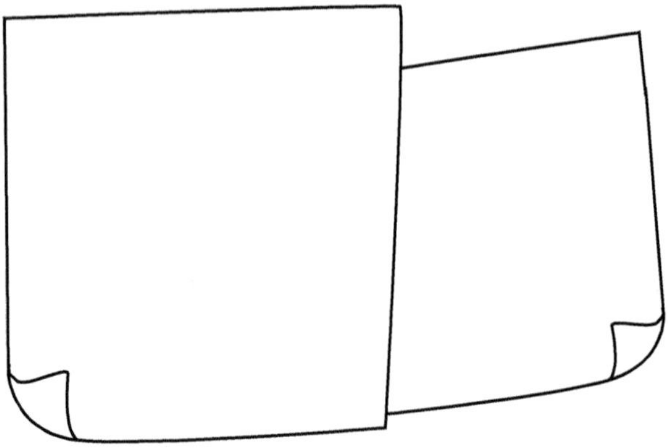

Wann und wie haben sich deine Eltern kennengelernt?

Waren/sind deine Eltern verheiratet?

Wie lange waren/sind deine Eltern zusammen?

Waren/sind deine Eltern sich nahe?

Wie hast du deine Eltern erlebt?

Was haben dir deine Eltern fürs Leben mitgegeben?

Was bewunderst du an deinen Eltern?

DEINE MUTTER UND DU

Gibt es ein besonderes Foto von deiner Mutter und dir?

Wie hast du deine Mutter als Kind genannt?

Wie hat dich deine Mutter genannt?

Wie war dein Verhältnis zu deiner Mutter früher?

Wie ist dein Verhältnis zu deiner Mutter heute?

War deine Mutter in deiner Kindheit viel da?

War sie berufstätig?

Was liebst du an deiner Mutter besonders?

Was ist einmalig an deiner Mutter?

Was ist etwas, das du von deiner Mutter gelernt hast, worauf du sehr stolz bist?

Welche Charaktereigenschaften hast du von deiner Mutter übernommen?

Wofür bist du deiner Mutter von Herzen dankbar?

DEIN VATER UND DU

Gibt es ein besonderes Foto von deinem Vater und dir?

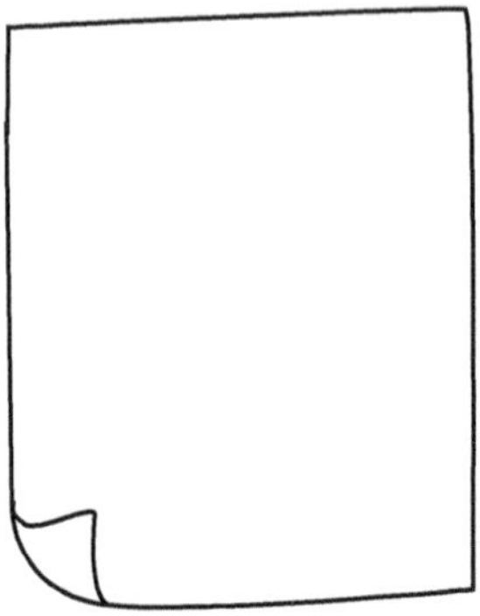

Wie hast du deinen Vater als Kind genannt?

Wie hat dich dein Vater genannt?

Wie war dein Verhältnis zu deinem Vater früher?

Wie ist dein Verhältnis zu deinem Vater heute?

War dein Vater in deiner Kindheit viel da?

War er berufstätig?

Was liebst du an deinem Vater besonders?

Was ist einmalig an deinem Vater?

Was ist etwas, das du von deinem Vater gelernt hast, worauf du sehr stolz bist?

Welche Charaktereigenschaften hast du von deinem Vater übernommen?

Wofür bist du deinem Vater von Herzen dankbar?

WEITERE ELTERNFIGUR(EN)

Gibt es eine weitere Elternfigur in deinem Leben? Wer ist diese Person?

In welchem Verhältnis stehst du zu ihr?

Was bedeutet dir diese Person?

Wofür bist du dieser Person dankbar?

Hier ist Platz für ein Foto dieser besonderen Person.

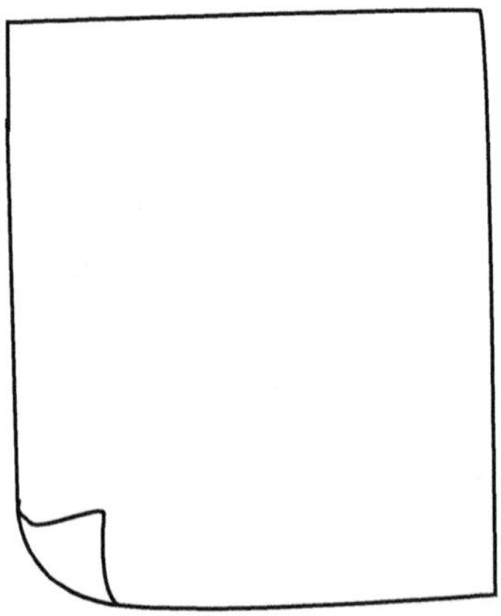

Gibt es noch eine weitere Elternfigur in deinem Leben? Wer ist diese Person?

In welchem Verhältnis stehst du zu ihr?

Was bedeutet dir diese Person?

Wofür bist du dieser Person dankbar?

Hier ist Platz für ein Foto dieser besonderen Person.

DEINE GESCHWISTER

Hast du Geschwister, wenn ja wie viele?

Wer sind deine Geschwister?

Wie viel jünger oder älter sind deine Geschwister?

Was hat dich als Kind an deinen Geschwistern genervt, worüber du heute nur lachen kannst?

Was verbindet euch?

Was sind die tollsten Erinnerungen mit deinen Geschwistern?

Was liebst du besonders an deinen Geschwistern?

Wann hast du ihnen das das letzte Mal gesagt?

Hier kommt ein Bild von euch rein, entweder von früher oder von heute, was auch immer dir stimmiger erscheint.

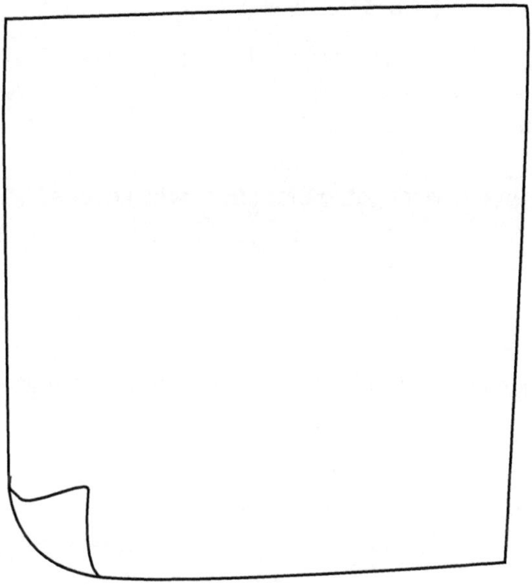

DEINE GROSSMUTTER (MÜTTERLICHERSEITS)

Wie lautet der Name deiner Großmutter?

Wann und wo ist sie geboren?

Hatte sie einen Beruf?

Was waren die wichtigsten Stationen ihres Lebens?

Hast du deine Großmutter kennenlernen dürfen und wenn ja, wie lange war sie Teil deines Lebens?

Was ist etwas Besonderes, das du an deiner Großmutter schätzt?

Was hast du von deiner Großmutter geerbt, für das du dankbar bist?

DEIN GROSSVATER (MÜTTERLICHERSEITS)

Wie lautet der Name deines Großvaters?

Wann und wo ist er geboren?

Was hat er beruflich gemacht?

Was waren die wichtigsten Stationen seines Lebens?

Hast du deinen Großvater kennenlernen dürfen und wenn ja, wie lange war er Teil deines Lebens?

Was ist etwas Besonderes, das du an deinem Großvater schätzt?

Was hast du von deinem Großvater geerbt, für das du dankbar bist?

DEINE GROSSMUTTER (VÄTERLICHERSEITS)

Wie lautet der Name deiner Großmutter?

Wann und wo ist sie geboren?

Hatte sie einen Beruf?

Was waren die wichtigsten Stationen ihres Lebens?

Hast du deine Großmutter kennenlernen dürfen und wenn ja, wie lange war sie Teil deines Lebens?

Was ist etwas Besonderes, das du an deiner Großmutter schätzt?

Was hast du von deiner Großmutter geerbt, für das du dankbar bist?

DEIN GROSSVATER (VÄTERLICHERSEITS)

Wie lautet der Name deines Großvaters?

Wann und wo ist er geboren?

Was hat er beruflich gemacht?

Was waren die wichtigsten Stationen seines Lebens?

Hast du deinen Großvater kennenlernen dürfen und wenn ja, wie lange war er Teil deines Lebens?

Was ist etwas Besonderes, das du an deinem Großvater schätzt?

Was hast du von deinem Großvater geerbt, für das du dankbar bist?

10

STATIONEN MEINES LEBENS

Das Leben eines Menschen ist wie eine Reise durch das Land der Entwicklungen, der Erlebnisse, des Erwachsenwerdens und Erwachens. Von deiner Geburt bis zum heutigen Tag hast du dich stark verändert. Du bist ein völlig neuer Mensch geworden und doch dieselbe wundervolle Seele geblieben, die du von Anbeginn warst. Erlaube dir in diesem Kapitel, die Stationen deines Lebens noch einmal zu (er)leben, vielleicht hilft dir dies auch ein wenig dabei, besser zu verstehen, wer du heute bist. Vielleicht hilft es dir, mit deinen Eltern über diese Fragen zu sprechen, so dir dies möglich ist.

DEINE GEBURT & DU ALS BABY

Gibt es ein Foto von dir als Baby?

Warst du ein geplantes Kind?

Wie war die Schwangerschaft deiner Mutter?

Wann bist du geboren?

In welchem Land und wo bist du geboren?

Welches Sternzeichen trägst du?

War dein Vater bei deiner Geburt dabei?

War (außer dem Ärzteteam) noch jemand bei deiner Geburt dabei?

Was hast du bei deiner Geburt gewogen?

Wie groß warst du?

Gab es bei deiner Geburt Besonderheiten?

Wie warst du als Baby?

Hast du gut geschlafen?

Warst du ein einfacher Esser? Was hat dir geschmeckt, was nicht?

Was war dein erstes Wort?

Was war an dir besonders als Baby?

DEINE KINDHEIT

In welchen Verhältnissen bist du aufgewachsen?

Bist du in den Kindergarten gegangen, wenn ja in welchen?

Mit wie viel Jahren bist du eingeschult worden?

Wie hieß deine Grundschule?

Bist du gern in die Schule gegangen?

Was hat dir in der Schule besonders gut gefallen?

Was waren deine Lieblingsfächer?

Hattest du damals einen Berufswunsch? Wenn ja, entspricht dies dem, was du heute machst?

Wer waren deine besten Freunde?

Wie habt ihr eure Nachmittage verbracht?

Welche Freiräume hattet ihr?

An was kannst du dich besonders erinnern in dieser Zeit?

Was sind die glücklichsten Erinnerungen und schönsten Momente deiner Kindheit?

Hast du dich geliebt gefühlt?

Wenn du an dich als Kind zurückdenkst, wie würdest du dich beschreiben?

Hast du Fotos von dir als Kind?

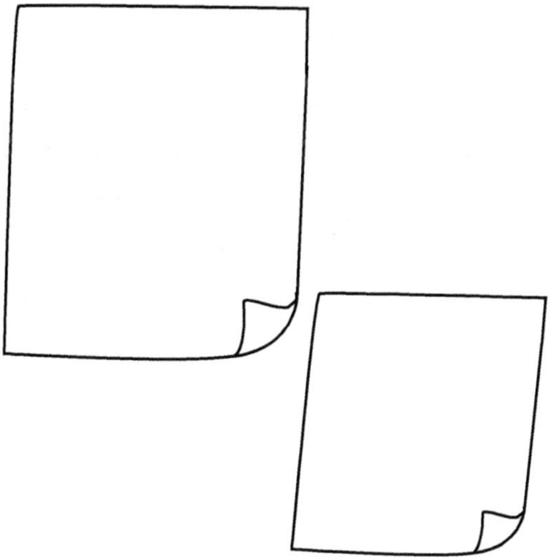

DEINE JUGEND

Hier ist Platz für ein besonders cooles, peinliches, lustiges oder sonst wie stimmiges Bild deiner Teenagerzeit.

Wie würdest du dich als Teenager beschreiben?

In welche Schule(n) bist du nach der Grundschule gegangen?

Wie hast du deine Schulzeit erlebt?

Wer waren die besten Freunde deiner Jugend?

Wie hast du deine Tage verbracht? Welche Hobbies hattest du?

Was für ein ›Typ‹ warst du?

Wie würdest du deine Jugend beschreiben?

Womit hast du als Teenie gekämpft, dich schwergetan?

Was ist dir leichtgefallen?

Was hat dich richtig begeistert?

Was sind die glücklichsten Erinnerungen deiner Jugend?

SCHWÄRMEREIEN UND ERSTE LIEBE

Wer war dein erster großer Schwarm?

Gab es eine tragische Teenie-Schwärmerei, die unerfüllt blieb?

Mit wem war dein erster richtiger Kuss?

Wer war dein erster Freund/deine erste Freundin?

Welche Erinnerungen hast du an diese Zeit?

DEINE AUSBILDUNG/DEIN STUDIUM

Wie ging es nach Abschluss der Schule für dich weiter?

Welche Möglichkeiten hattest du?

Welchen Stellenwert hatte Bildung in deiner Familie?

War die Ausbildung, Lehre oder das Studium genau das, was du machen wolltest?

Konntest du dich hierbei entfalten?

Entsprach deine Ausbildung deinen Stärken und dem, was dir wirklich liegt?

Würdest du diesen Schritt so noch einmal gehen?

Was würdest du anders machen?

Was hat dir an dieser Zeit gut gefallen?

Was hast du für dein Leben gelernt (mal abgesehen von den rein faktischen Inhalten, die dir vermittelt wurden)?

Arbeitest du heute in dem Bereich deiner Ausbildung, deiner Lehre oder deines Studiums?

11

SCHWERE ZEITEN & SCHICKSALSSCHLÄGE

Es gibt Zeiten im Leben, da bricht die Welt zusammen, da ballt sich der gesamte Schmerz des Universums in deinem Herzen, da fühlt sich jede Sekunde an wie die dunkelste, nie enden wollende Unendlichkeit. Wir sprechen von Schicksalsschlägen und schweren Zeiten im Leben eines Menschen. Und keiner ist davor gefeit. Wann uns diese treffen, ist nicht vorhersehbar. Einzig sicher ist, dass wir alle irgendwann Zeiten durchleben, die uns bis ins Mark erschüttern und unsere Resilienz aufs Äußerste testen. Wann und in welcher Form dies geschieht, liegt nicht in unserer Hand. Einzig wie wir damit umgehen, ob und wie wir uns helfen lassen, ob und wie wir diese Erlebnisse verarbeiten und was wir langfristig daraus ziehen, liegt bei uns. Je bewusster wir unser Leben leben und je besser wir für den Ernstfall aufgestellt sind, desto besser werden wir diese Zeiten überwinden können. Auch wenn die Verarbeitung einer Lebenskrise natürlich dennoch ein großer Kraftakt ist.

Lass uns nun aber betrachten, welche Schicksalsschläge du in deinem Leben bereits erlebt und überwunden hast und wie dir dies gelungen ist. Denn eines ist klar, du hast sie überwunden, du stehst heute hier und arbeitest mit diesem Buch an mehr Achtsamkeit und mehr Zufriedenheit in deinem Leben.

Wenn es dir jedoch gerade nicht so gut geht und du in einer (schweren) Lebenskrise steckst, dann suche dir unbedingt professionelle Hilfe. Das ist weder verwerflich noch schwach, sondern enorm wichtig, richtig und sogar stark. Denn um Hilfe zu bitten ist ein elementarer Schritt in jedem Heilungsprozess.

Gab es eine besonders schwere Zeit in deinem Leben, einen Schicksalsschlag, der dich schwer getroffen hat?

Was ist passiert?

Wie bist du damit umgegangen?

Hast du dir helfen lassen?

Wer hat dir in dieser Zeit geholfen?

Was hat dir in dieser Zeit geholfen?

Wie geht es dir heute damit?

Hast du diesen Schicksalsschlag einigermaßen verarbeitet?

Rückblickend betrachtet haben schwere Zeiten meist eine gute Seite, auch wenn dies nicht immer leicht zu erkennen ist. Was kannst du heute Positives aus der Situation ziehen, was hast du gelernt, inwiefern hat dich diese Zeit verändert oder sogar stärker gemacht? Dabei muss stärker in keinem Fall stärker im Sinne von härter und tougher bedeuten. Stärker darf ruhig bedeuten, dass du sanfter und bewusster geworden bist. Also stärker in deiner Selbstliebe und Achtsamkeit.

Gab es eine weitere schwere Zeit in deinem Leben, einen weiteren Schicksalsschlag, der dich schwer getroffen hat?

Was ist passiert?

Wie bist du damit umgegangen?

Wer hat dir in dieser Zeit geholfen?

Was hat dir in dieser Zeit geholfen?

Wie geht es dir heute damit?

Hast du diesen Schicksalsschlag einigermaßen verarbeitet?

Was hast du aus dieser schweren Zeit gelernt, inwieweit hast du dich weiterentwickelt?

Ich möchte an dieser Stelle nochmals in aller Klarheit darauf hinweisen, wie wichtig es ist, dir Hilfe zu suchen, falls es dir nicht gut geht. Scheu dich nicht davor.

12
FEHLER

Fehler zu machen, liegt in der Natur des Menschen, und Fehler gehören einfach zum Leben dazu, sie sind die Basis jeder Entwicklung. Neben all den Fehlern, die aus Versehen passieren, beim Erlernen einer neuen Tätigkeit oder dem Schritt in ein unbekanntes Feld, geht es hier vor allem um die Fehler, bei denen wir andere verletzen oder uns selbst eine Türe verschließen. Denn manchmal machen wir bewusst oder unbewusst Dinge, die für unser Gegenüber, für die Beziehung zu unserem Gegenüber oder aber für uns selbst alles andere als förderlich sind.

Große (zwischenmenschliche) Fehler haben das Potenzial, viel Schmerz zu erzeugen. Es gehört Größe dazu, sich selbst solch einen Fehler einzugestehen. Dies gelingt nicht immer, und nicht immer sofort. Doch wichtig ist, dass wir uns irgendwann eingestehen, dass wir etwas falsch gemacht haben und dazu stehen. Noch mehr Größe bedarf es dann, unsere Fehler offen zu kommunizieren und uns zu entschuldigen. Erst dann kann Frieden einkehren. Frieden, Vergebung und der Schritt nach vorne.

Gibt es große Fehler, die du gemacht hast? Dinge, die du in deinem Leben anders machen würdest, wenn du die Möglichkeit dazu hättest? Dinge, bei denen du gern die Zeit zurückdrehen würdest? Gibt es Menschen, die du verletzt hast, bei denen du dich entschuldigen solltest? Die folgende Seite dient dir dazu, all deine Gedanken, Erinnerungen und Namen frei aufzuschreiben. Natürlich kannst du die Vergangenheit nicht ungeschehen machen, aber du kannst Frieden schließen mit deinen Fehlern und mit den Menschen, die du verletzt hast. Wenn du möchtest, unterstreiche deshalb die Namen derer in Farbe, bei denen du das Gefühl hast, du schaffst eine

Entschuldigung – vielleicht nicht gleich heute, aber warum eigentlich nicht?

»Wer einen Fehler begeht und ihn nicht korrigiert, begeht einen zweiten.«

(Konfuzius)

13

MEINE ERFOLGE

In diesem Kapitel geht es um deine Erfolge. Deine materiellen genauso wie deine emotionalen, spirituellen Erfolge. Lass uns anfangen in der Welt der Zeugnisse, Beförderungen und Awards, der Bonuszahlungen, Gehälter, Firmenwagen, Follower und Fans. Auch diese sind für uns Menschen in vielerlei Hinsicht wichtig, deswegen geben wir ihnen hier entsprechend Raum:

Welche Erfolge kannst du im Rahmen deiner Ausbildung, deines Berufs und deiner Karriere verzeichnen?

Welche Erfolge materieller Art hast du erreicht?

Welche weiteren Erfolge, die dir wichtig sind, gehen auf dein Konto?

Was bedeuten all diese Erfolge für dich?

Inwiefern prägen sie dich?

Doch sind all diese Erfolge wirklich so wichtig, wie uns die Gesellschaft oft glauben lässt? Oder geht es nicht vielmehr darum, dass es deinem Herzen gut geht? Der größte Erfolg im Leben ist doch, dass du glücklich bist. Lass uns also eher auf deine übergeordneten, deine wesentlichen Lebens-Erfolge blicken. Lass uns in dich hinein schauen. In diesem Abschnitt geht es um das, was du auf deinem Weg hin zu einem erfüllteren, zufriedeneren Leben bereits unternommen und erreicht hast und wie zufrieden dich das macht.

Du hältst dieses Buch in der Hand und arbeitest bewusst daran, dir selbst ein besseres Leben zu gestalten. Das ist ein wertvoller Schritt und du wirst sehen, wie viel leichter deine Tage sich schon bald anfühlen werden, so du dir erlaubst, diesen Weg auch wirklich zu gehen. Genauso wie dein Leben als Reise durch die verschiedenen Stationen verläuft, so beschreitest du eine Entwicklung auf der emotionalen, spirituellen, seelischen Ebene. Du wächst, entwickelst dich, lernst und entwickelst dich weiter. Im Idealfall immer das Ziel vor Augen, ein leichteres, achtsameres Leben mit mehr Zufriedenheit zu erreichen. Nimm dir jetzt ein paar Minuten und überlege, wie weit du in diesem Bereich schon gekommen bist.

Bist du in einem Umfeld aufgewachsen, in dem ihr über Dinge wie Persönlichkeitsentwicklung, Achtsamkeit, Leichtigkeit, Meditation und Ähnliches gesprochen habt?

Wann hat deine Reise in ein bewussteres Leben begonnen?

Welche wertvollen Schritte und Entwicklungen hast du bereits geschafft?

Hast du dich in deinem Leben bewusst von etwas verabschiedet, auch wenn der Schritt von der Gesellschaft als vermeintlicher Misserfolg ›verurteilt‹ wurde, für dich persönlich jedoch ausschlaggebend für mehr Zufriedenheit war wie zum Beispiel die Trennung von einem Partner, der Abbruch des Studiums, die Ablehnung einer Beförderung?

Hast du Seminare oder Coachings gemacht, die dir geholfen haben?

Wer inspiriert dich auf deinem Weg?

Wer oder was hilft dir, wenn du einen kleinen Anschubser benötigst?

Hast du einen Mentor, ein Vorbild, einen Sparringspartner?

Welche Bücher waren und sind dir besonders wichtig?

Welche Podcasts waren und sind dir besonders wichtig?

Hier ist Raum für ein paar freie Gedanken zu diesem Thema, sodass du genau aufschreiben kannst, was du bei diesem Thema für wichtig empfindest, was auf dich und dein Leben zutrifft.

14

HIGHLIGHTS MEINES BISHERIGEN LEBENS

Das letzte Kapitel in dem Bereich ›Wo komme ich her?‹ soll den bisherigen Highlights deines Lebens gewidmet sein. Denn für mehr Zufriedenheit im Leben ist es durchaus sinnvoll, dir immer mal wieder in Erinnerung zu rufen, welch wunderschöne Dinge du in deinem Leben bereits erleben durftest und welch großartige Menschen du kennengelernt hast. Sei dankbar dafür, denn das Leben ist ein Geschenk – lass es uns feiern!

Nimm dir für diese Übung gern ein paar bunte Stifte zur Hand und schreibe auf die gegenüberliegende Seite in leuchtenden Lettern die bisherigen Gipfelpunkte und großen Glücksmomente deines Lebens auf, gern auch durch einfache Schlagworte wie ›Hochzeit‹, ›Neuseeland‹ oder ›2021 Meine Phoenix Flügel ausgebreitet‹. Diese können aus den folgenden Bereichen sein: einmalige Ereignisse, wertvolle Personen, unvergessliche Reisen, die Heilung von einer schweren Krankheit, ein wichtiger Durchbruch in deinem Leben oder die Geburt deiner Kinder. Es können aber auch völlig andere Dinge sein, schreib einfach auf, was für dich richtig und wichtig erscheint. Schließlich geht es um dein Leben und deine persönlichen Highlights.

Und tu dir einen Gefallen: Genieße den Prozess, genieße die Erinnerungen, sei dankbar für das, was war, und freu dich auf all das, was noch kommen mag.

Part 3

— WO STEHE ICH IN MEINEM LEBEN —

Wo stehe ich in meinem Leben?

Zeit für deine persönliche Bestandsaufnahme, deinen ureigensten Realitätscheck: Wo stehst du in deinem Leben? Welches Leben hast du dir aufgebaut? Wie steht es um Themen wie Liebe, Partnerschaft, Gesundheit, Beruf oder deine Work-Life-Balance? Wie steht es um deine Spiritualität, Selbstliebe, oder das Setzen von Grenzen? Und wie achtsam und zufrieden bist du aktuell?

Achtsamkeit hat sehr viel damit zu tun, bewusst zu leben und bewusst zu sein. Dazu gehört auch, dir darüber bewusst zu werden, wie es dir überhaupt geht und wo du in deinem Leben stehst. Denn erst wenn du verstehst, wer du bist, woher du kommst und wo du derzeit stehst, gelingt dir der erfolgreiche Schritt in die Zukunft, die du dir erträumst.

15

DIE LIEBE

Die Liebe – sie ist eines der stärksten, der größten und der wundervollsten Gefühle der Welt. Sie ist Hoffnung, Kraftquelle, Lebenselixier. Ohne Liebe macht das Leben keine Freude, hat es keinen Sinn. Dabei geht es nicht nur um die Liebe innerhalb einer Partnerschaft oder die Liebe eines Elternteils zu seinem Kind. Liebe hat viele Formen, viele Dimensionen und einen Regenbogen an Facetten. Sie verbindet Familienmitglieder, Partner, Freunde, Unbekannte, ja sogar Mensch und Tier. Liebe wird gegeben, genauso wie sie empfangen wird, im Idealfall ist sie gegenseitig, manchmal aber auch nicht. Zu einem achtsamen Leben voller Zufriedenheit gehört die Liebe wie das Fundament zu einem Haus.

Schreibe in das große Herz auf der gegenüberliegenden Seite deinen Namen hinein. Die Herzen um dich herum sind die Menschen (und Tiere), für die du Liebe empfindest und die dir ihre Liebe schenken. Schreibe ihre Namen in die Herzen und verbinde diese Herzen jeweils durch einen Pfeil mit deinem Herzen. Mit der Richtung des Pfeils und seiner Dicke kannst du anzeigen, in welche Richtung die Liebe fließt und wie stark. Idealerweise zeigen all deine Pfeile in beide Richtungen, denn dann ist die Liebe gegenseitig und etwas Schöneres gibt es doch kaum.

Je mehr Liebe in deinem Leben herrscht, desto mehr Lebensfreude empfindest du auch. Desto glücklicher bist du. Desto zufriedener. Desto schöner und leichter ist ein jeder Tag.

Wie viel Liebe ist in deinem Leben? Nimm dir einen farbigen Stift und male von innen heraus voller Dankbarkeit so viele Herzens-Ringe aus, wie du in deinem aktuellen Leben spürst.

»Liebe ist Leben.«

(Lebensweisheit)

16

PARTNERSCHAFT & FAMILIE

DEINE HEUTIGE FAMILIE

In Kapitel 9 ging es um deine Geburtsfamilie. Hier widmen wir uns den Menschen, die du heute zu deiner engsten Familie zählst. Vielleicht hast du bereits eine eigene Familie gegründet, vielleicht lebst du in einer unkonventionellen Familienform, vielleicht seid ihr als Patchwork-Familie neu zusammengewachsen, vielleicht lebt ihr in einer generationsübergreifenden Großfamilie alle unter einem Dach. Familie ist dabei selbstverständlich weit mehr als nur dein potenzieller Ehegatte, deine eigenen Kinder und deine direkte biologische Verwandtschaft. Familie ist die engste Gruppe an Menschen, mit denen du dein Leben teilst, bei denen du dich geborgen fühlst, die für dich da sind und dich genau so lieben, wie du bist.

Wer gehört zu deiner Familie?

Was ist an deiner Familie besonders?

Wofür schätzt du deine Familie vor allem?

Familien-Foto oder Foto-Collage der Menschen, die du heute zu deiner Familie zählst (geliebte Haustiere dürfen selbstverständlich mit drauf).

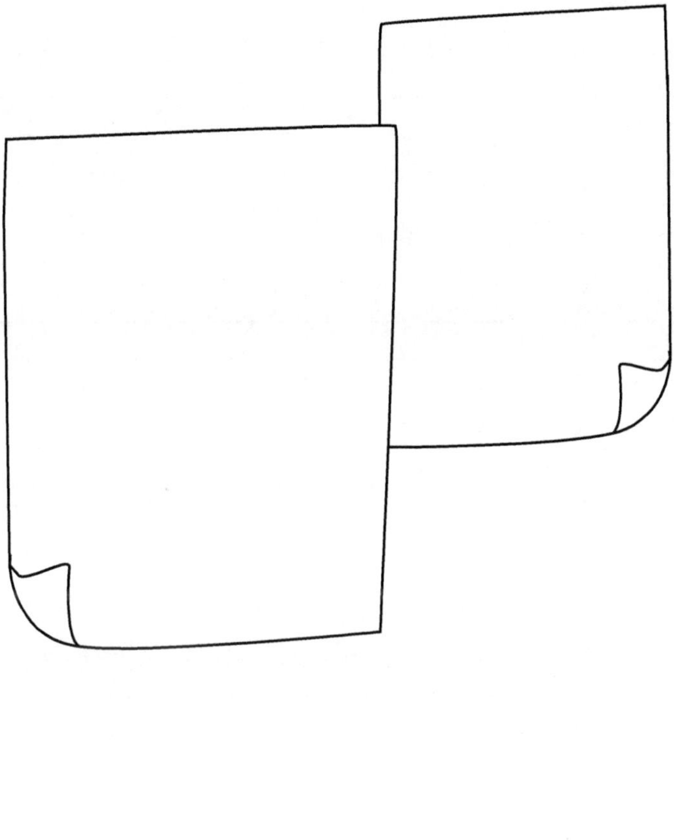

DEIN(E) PARTNER(IN)/EHEMANN ODER EHEFRAU

Gibt es einen Menschen, mit dem du dein Leben teilst (dann bleibe auf dieser Seite) oder jemanden, mit dem du dein Leben gern teilen würdest (dann nutze die nächste Seite)?

Wer ist dieser Mensch?

Was macht ihn/sie einmalig?

Was liebst du an deinem Herzensmenschen?

Wann hast du ihm/ihr dies das letzte Mal gesagt?

Was ist dir in eurer Partnerschaft besonders wichtig?

Wie lange kennt ihr euch schon?

Wie lange seid ihr bereits zusammen?

Seid ihr verheiratet? Wenn ja seit wann?

Wenn nein, habt ihr vor zu heiraten?

Was bedeutet dir dieser Mensch in deinem Leben?

Sieht dich dieser Mensch?

Gibt er/sie dir Kraft?

Ist er/sie für dich da, wenn du ihn/sie brauchst?

Möchtest du mit diesem Menschen den Rest deines Lebens verbringen?

Klebe hier ein Bild des Menschen ein, der einen so großen Platz in deinem Herzen hat.

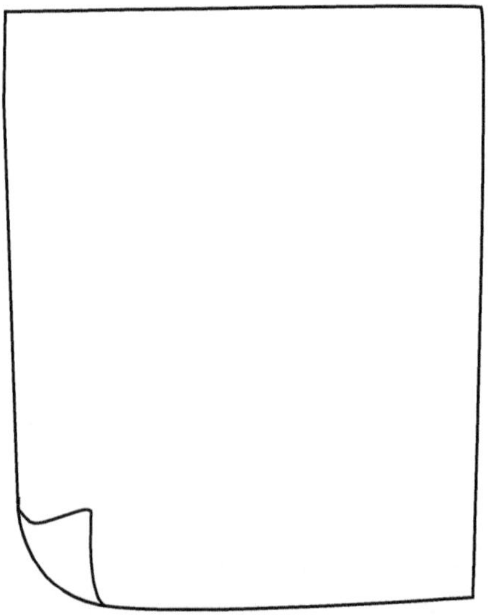

DEINE WUNSCH-PARTNERSCHAFT

Gibt es einen konkreten Menschen, mit dem du dein Leben gern teilen würdest?

Wer ist dieser Mensch?

Was macht ihn/sie so besonders?

Weiß dieser Mensch von deinen Gefühlen?

Wenn nein, was hält dich davon ab, ihm oder ihr deine Gefühle zu gestehen und somit vielleicht die Türe für eine gemeinsame Zukunft zu öffnen?

Wer kann dir dabei helfen, auf deine(n) Wunschpartner(in) zuzugehen?

Wenn es keinen konkreten Prince Charming oder keine Märchenprinzessin gibt, mit dem/der du gern zusammen wärst, sondern du einfach den Wunsch nach einer Partnerschaft mit einem liebenden Menschen an deiner Seite hast, dann ist dies auch okay.

Hast du eine grobe Vorstellung von diesem Menschen?

Welche Eigenschaften sind dir wichtig?

Welche Werte sind für dich elementar?

Was ist dir in einer Partnerschaft besonders wichtig?

Was bist du bereit, für eine stabile und liebende Partnerschaft zu tun?

DEIN(E) KIND(ER)

Diese Seite ist ganz deinem Kind/deinen Kindern gewidmet, genauso wie eventuellen Wunschkindern und auch jeden Kinderseelen, die du gegebenenfalls verloren hast, denn auch sie werden für immer Teil deines Lebens sein. Der Bereich unter diesem Text ist dabei bewusst freigehalten, sodass du diesen wie du möchtest gestalten kannst. Du kannst schreiben, Fotos und Erinnerungen einkleben, etwas zeichnen, einen Liedtext hineinschreiben, einen Ultraschallausdruck einkleben, einfach genau das, was sich hier richtig anfühlt.

17

MEIN ZUHAUSE

Zuhause – ein kleines Wort mit großer Bedeutung. Denn ein Zuhause ist weit mehr als nur eine Wohnung oder ein Haus. Es ist der Ort, an dem du dich heimisch, geborgen, geliebt und sicher fühlst. Der Ort, an dem du du sein, lachen, weinen und auch mal schimpfen darfst. Der Ort, an den du nach einem langen Tag nach Hause kommst, an dem sich dein Herz wohlfühlt und an dem du das Gefühl hast, angekommen zu sein.

Wie lebst du aktuell? Beantworte die folgenden Fragen mit einem einfachen Ja, Jein oder Nein.

Ist dein Haus, deine Wohnung auch dein Zuhause?

☐ **Ja** ☐ **Jein** ☐ **Nein**

Lebst du gemeinsam mit anderen Menschen (Familie, Freunde etc.)?

☐ **Ja** ☐ **Jein** ☐ **Nein**

Teilst du dein Zuhause mit den richtigen Menschen?

☐ **Ja** ☐ **Jein** ☐ **Nein**

Gehst du gern nach Hause?

☐ **Ja** ☐ **Jein** ☐ **Nein**

Verbringst du gern Zeit zu Hause?

☐ **Ja** ☐ **Jein** ☐ **Nein**

Liegt dein Zuhause in einer Gegend, in der du dich wohlfühlst?

☐ **Ja** ☐ **Jein** ☐ **Nein**

Hast du in deinem Zuhause einen Ort, an den du dich zurückziehen kannst?

☐ **Ja** ☐ **Jein** ☐ **Nein**

Ist dein Zuhause für dich eine Wohlfühloase?

☐ **Ja** ☐ **Jein** ☐ **Nein**

Kannst du zu Hause voll und ganz du sein?

☐ **Ja** ☐ **Jein** ☐ **Nein**

Wird in deinem Zuhause viel gelacht?

☐ **Ja** ☐ **Jein** ☐ **Nein**

Fühlst du dich in deinem Zuhause sicher?

☐ **Ja** ☐ **Jein** ☐ **Nein**

Wirst du zu Hause aufgefangen, wenn du wütend oder traurig bist?

☐ **Ja** ☐ **Jein** ☐ **Nein**

Wie viele der Fragen konntest du mit Ja beantworten, wie viele mit Jein? Wie viele verdienen leider nicht mehr als ein Nein? Wie geht es dir mit deinen Antworten?

Wie so oft im Leben ist eine Bestandsaufnahme nicht mehr als eben das: der aktuelle Status quo. Stehen in deiner Liste also derzeit zu viele Male Jein und Nein, heißt das nicht, dass dies so bleiben muss. Du kannst etwas verändern, im Kleinen wie im Großen, kurz- wie auch langfristig. Nur wagen musst du ihn, den ersten Schritt. Vielleicht helfen dir die folgenden Fragen dabei:

Was gefällt dir an deinem Zuhause?

Kannst du diesen Bereich weiter ausbauen oder mehr genießen?

Was gefällt dir nicht so sehr an deinem Zuhause?

Wie kannst du dies ändern?

Wie kannst du dein Zuhause mehr zu einem Wohlfühl-Zuhause machen?

Wer kann dir dabei helfen?

Und wenn du in der aktuellen Situation keinen Ausweg siehst: Wie, wo und mit wem könntest du dir ein neues Zuhause aufbauen?

Und auch hier ganz wichtig: Wer kann dir dabei helfen?

»Zuhause ist da, wo sich dein Herz wohlfühlt.«

(Lebensweisheit)

18

BERUF & ARBEIT

Das Gros der Menschen in unserer Gesellschaft verbringt einen signifikanten Anteil ihrer Lebenszeit damit, zu arbeiten. Da wäre es schon sinnvoll, wenn das, was wir tun, uns auch zufriedenstellt, oder nicht? Wir leben in einem Land, in dem wir große berufliche Freiheiten genießen, gerade auch als Frauen. Dies ist bekanntlich nicht in jeder Kultur der Fall. Und dennoch verharren viel zu viele Menschen in Jobs, die ihnen jedwede Energie ziehen, sie völlig auslaugen, die wenig oder keinen Spaß machen und einfach nur belastend sind. Wie sieht das bei dir aus?

Was machst du beruflich?

Wo arbeitest du?

Bist du angestellt (Vollzeit, Teilzeit), selbstständig oder hast du ein eigenes Unternehmen?

Bist du der Familienmanager zu Hause? Oder machst du das zusätzlich zu deinem Job?

Was machst du an einem typischen Tag in deinem Job?

Welche Teile deiner Arbeit machen dir besonders viel Freude?

Welche Bereiche sind nicht so dein Ding?

Wo ist es aktuell schwierig in der Arbeit? Gibt es etwas, das dich belastet?

Überwiegen die guten Seiten oder jene, die dir nicht so viel Freude bereiten und dir schwer im Magen liegen?

Lass uns in einem zweiten Schritt dein Zufriedenheits-Level ansehen. Beantworte die folgenden Fragen anhand der vorgegebenen Skala von 1-10.

1 = trifft gar nicht zu, 10 = trifft voll zu

Bist du zufrieden mit dem, was du machst?

☐	☐	☐	☐	☐	☐	☐	☐	☐	☐
1	**2**	**3**	**4**	**5**	**6**	**7**	**8**	**9**	**10**

Macht dir dein Berufsalltag Freude?

☐	☐	☐	☐	☐	☐	☐	☐	☐	☐
1	**2**	**3**	**4**	**5**	**6**	**7**	**8**	**9**	**10**

Bist du stolz auf deinen Beruf?

☐	☐	☐	☐	☐	☐	☐	☐	☐	☐
1	**2**	**3**	**4**	**5**	**6**	**7**	**8**	**9**	**10**

Bist du zufrieden mit deinem Gehalt?

☐	☐	☐	☐	☐	☐	☐	☐	☐	☐
1	**2**	**3**	**4**	**5**	**6**	**7**	**8**	**9**	**10**

Ziehst du Kraft aus dem, was du beruflich machst?

☐	☐	☐	☐	☐	☐	☐	☐	☐	☐
1	**2**	**3**	**4**	**5**	**6**	**7**	**8**	**9**	**10**

Bist du zufrieden damit, was du erreicht hast?

☐	☐	☐	☐	☐	☐	☐	☐	☐	☐
1	**2**	**3**	**4**	**5**	**6**	**7**	**8**	**9**	**10**

Bist du zufrieden mit deiner Karriere?

☐	☐	☐	☐	☐	☐	☐	☐	☐	☐
1	**2**	**3**	**4**	**5**	**6**	**7**	**8**	**9**	**10**

Machst du in deinem Beruf größtenteils Dinge, die dir Freude bereiten?

☐ 1 ☐ 2 ☐ 3 ☐ 4 ☐ 5 ☐ 6 ☐ 7 ☐ 8 ☐ 9 ☐ 10

Machst du Dinge, die deinen Stärken entsprechen?

☐ 1 ☐ 2 ☐ 3 ☐ 4 ☐ 5 ☐ 6 ☐ 7 ☐ 8 ☐ 9 ☐ 10

Arbeitest du mit guten Menschen zusammen (Kollegen, Chef, Kunden, Patienten etc.)?

☐ 1 ☐ 2 ☐ 3 ☐ 4 ☐ 5 ☐ 6 ☐ 7 ☐ 8 ☐ 9 ☐ 10

Machst du etwas, das du als sinnvoll betrachtest?

☐ 1 ☐ 2 ☐ 3 ☐ 4 ☐ 5 ☐ 6 ☐ 7 ☐ 8 ☐ 9 ☐ 10

Gehst du in der Regel mit viel Leidenschaft an deine beruflichen Themen?

☐ 1 ☐ 2 ☐ 3 ☐ 4 ☐ 5 ☐ 6 ☐ 7 ☐ 8 ☐ 9 ☐ 10

Bist du erfüllt von deinem Job?

☐ 1 ☐ 2 ☐ 3 ☐ 4 ☐ 5 ☐ 6 ☐ 7 ☐ 8 ☐ 9 ☐ 10

Gönnst du dir eine ausgeglichene Work-Life-Balance?

☐ 1 ☐ 2 ☐ 3 ☐ 4 ☐ 5 ☐ 6 ☐ 7 ☐ 8 ☐ 9 ☐ 10

Erlaubst du dir neben dem Job genügend Zeit für deine Familie, deine Freunde, aber vor allem für dich selbst?

☐	☐	☐	☐	☐	☐	☐	☐	☐	☐
1	2	3	4	5	6	7	8	9	10

Lachst du viel in der Arbeit?

☐	☐	☐	☐	☐	☐	☐	☐	☐	☐
1	2	3	4	5	6	7	8	9	10

Gelingt es dir, deine beruflichen Themen nicht mit nach Hause zu nehmen?

☐	☐	☐	☐	☐	☐	☐	☐	☐	☐
1	2	3	4	5	6	7	8	9	10

Lässt du dir bewusst die Wochenenden frei?

☐	☐	☐	☐	☐	☐	☐	☐	☐	☐
1	2	3	4	5	6	7	8	9	10

Bist du entspannt, wenn du an die Arbeit denkst?

☐	☐	☐	☐	☐	☐	☐	☐	☐	☐
1	2	3	4	5	6	7	8	9	10

Bekommst du genug Wertschätzung für deine Arbeit?

☐	☐	☐	☐	☐	☐	☐	☐	☐	☐
1	2	3	4	5	6	7	8	9	10

Zähle nun die Punkte zusammen. Von maximal 200 und minimal 20 Punkten hast du ________ erreicht. Bist du auf den ersten Blick zufrieden mit deiner Punktzahl?

»Wenn die Arbeit ein Vergnügen ist, wird das Leben zur Freude.«

(Lebensweisheit)

19

WORK-LIFE-BALANCE

Per definitionem beschreibt der Begriff Work-Life-Balance den als ideal geltenden Zustand, in dem das Berufs- und Privatleben im Gleichgewicht sind, in dem eine zufriedenstellende Balance zwischen beiden Bereichen des Lebens herrscht.[5] Mit anderen Worten: in dem das Leben neben der Arbeit eine Daseinsberechtigung besitzt und nicht auf der Strecke bleibt. In der Realität jedoch erscheint das Streben nach Work-Life-Balance oft ein wenig wie die Suche nach dem heiligen Gral – es bleibt unerfüllt.

Zu Silvester sind die Vorsätze klar: Dieses Jahr arbeite ich weniger und lebe mehr! Doch wie Neujahrsvorsätze eben so sind, leeren sich bereits im Februar die Fitnessstudios wieder, werden die Burger mit Pommes erneut bestellt und das Leben wird abermals verbannt aufs Wochenende. Schade eigentlich. Zumal viele Menschen von der Woche so erledigt sind, dass Samstag und Sonntag dann am liebsten nur ausgeruht wird und wenig Energie zum Leben bleibt.

Wie kann dieser Knoten gelöst werden? Wie kannst du für dich eine echte, individuell passende Balance erreichen und bewahren? Wie vieles im Leben ist es gar nicht so schwer. Die Formel zu mehr Work-Life-Balance und einem achtsameren Leben mit deutlich mehr Zufriedenheit lautet ganz einfach:

A) Mehr Leben in die Arbeit
B) Mehr leben

Der erste Punkt bedeutet dabei nichts anderes als beruflich das zu tun, was dir wirklich liegt, was dir tiefe Freude bereitet und dich erfüllt. Natürlich ist es nicht einfach, wenn du keinen erfüllenden Job hast, gleich morgen alles über Bord zu werfen, neu zu starten und dich endlich einzureihen in die Reihen der

Glücklichen, die strahlend behaupten: Ich habe mein Hobby zum Beruf gemacht. Ein langfristiges Ziel sollte dies jedoch durchaus sein. Was du in der Zwischenzeit machen kannst, ist auf jeden Fall mehr Leichtigkeit und Leben in deinen Berufsalltag zu bringen. Dies kann bereits durch kleine Veränderungen geschehen. Eine bewusstere Mittagspause, in der du gemeinsam mit einer netten Kollegin über alles außer Arbeit sprichst, ein paar freundliche Worte mit dem Hausmeister, der Wechsel von der alleinigen Frage nach dem Projektstatus zu »Wie läuft es mit dem Projekt? Und wie geht es dir eigentlich?«. Oder nimm dir einfach mal einen Tag vor, nicht zu meckern, nicht zu lästern und nichts Negatives zu sagen. Kleine Gesten, große Wirkung!

In jedem Fall solltest du versuchen, mehr Leichtigkeit in dein Arbeitsleben zu bekommen! Deutlich mehr Leichtigkeit. Es wird nicht alles so heiß gegessen, wie es gekocht wird: Nicht jeder unglückliche Kommentar ist eine persönliche Kriegserklärung und nicht alles ist von lebenswichtiger Relevanz. Du wirst sehen, selbst kleine Schritte können bereits viel verändern.

Der zweite Punkt auf dem Weg zu einer besseren Work-Life-Balance ist ebenso wichtig für deine Zufriedenheit: mehr leben. Klingt so banal. Denn leben tun wir ja theoretisch mit jedem Atemzug, nur das ist eben nicht der Fall. Wir atmen, wir überleben, aber zum echten Leben gehört deutlich mehr dazu. Leben heißt lachen, tanzen, glücklich sein. Malen, meditieren, Mountainbiken, jubeln vor Glück. Kuscheln, die Katze kraulen, für deine Kinder da sein. Gönne dir in deinem Leben mehr Zeit zu leben und fülle deine Stunden bewusst mit Dingen, die dich glücklich machen. Denke auch mal darüber nach, ob du Zeit für sinnvollere Dinge schaffen kannst, indem du ›unnütze‹ Zeitkiller wie Endlos-Videos-Schauen auf Social Media bewusst weglässt. Das ist gelebte Achtsamkeit.

Und nun lass uns deine tägliche Lebenszeit betrachten. Wie viele Stunden schläfst du an einem normalen Tag? Wie viele Stunden verbringst du in und mit der Arbeit? Sei dabei ehrlich, was Überstunden und deinen realen Arbeitseinsatz angeht. Wie viele Stunden liegst du erschöpft auf der Couch, um dich erst mal von den Strapazen der Arbeit auszuruhen? Wie viele Stunden gehen für Verpflichtungen wie Einkaufen, Wäsche, Steuer und Co drauf? Und wie viele (oder wie wenige) Stunden verbringst du letzten Endes mit leben, mit Dingen, die dir Energie schenken, dich glücklich machen, deiner Seele guttun?

Betrachte die nachfolgenden 24-Stunden-Uhren und zeichne ein, wie bei dir ein durchschnittlicher Tag unter der Woche, respektive am Wochenende aussieht. Gehst du zum Beispiel um 23 Uhr ins Bett und stehst um 6 Uhr auf, dann markiere für Schlaf die Spalten von 23 Uhr bis 6 Uhr. Sei dabei erbarmungslos ehrlich mit dir selbst, denn die menschliche Psyche tendiert bei solchen Übungen gern zu Verschönerung.

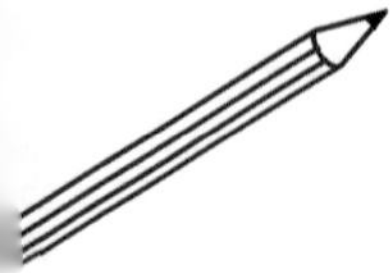

Wochentage

Wochenende

Lass die Darstellungen auf dich wirken. Erschreckend, wie wenig Zeit dir im Grunde genommen zum Leben bleibt, oder? Umso wichtiger ist es, die Zeit, die du hast, so erfüllt und glücklich wie möglich zu gestalten.

Gehe daher zurück zu deinen beruflichen Zufriedenheitspunkten aus dem vorigen Kapitel. Von den möglichen 200 Punkten hast du _______ erreicht. Wenn du dir nun ansiehst, wie viele Stunden und Tage deiner wertvollen (und endlichen) Lebenszeit du in und mit deiner Arbeit und mit nicht so erfüllenden Tätigkeiten verbringst, wie geht es dir damit?

Wenn du richtig glücklich in der Arbeit bist und über 150 Punkte erreicht hast, ist dies natürlich schön. Wenn du zusätzlich noch genügend Zeit in deiner 24-Stunden-Uhr für schöne Dinge geblockt hast, dann ist dies die perfekte Kombination. Lehne dich zurück und genieße dieses Ergebnis. Nicht jedem gelingt es, eine so gute Work-Life-Balance zu erreichen, sei also stolz auf dich.

Wenn deine Zahl jedoch geringer als 150 ist oder gar unter 100 liegt und du noch dazu viel zu viel Zeit in der Arbeit verbringst, dann möchte ich dich gern dazu einladen, über Veränderungen nachzudenken. Wir werden darauf in Kapitel 36 im Detail eingehen. Was du dir für den Moment erlauben solltest, ist, dieses Ergebnis auf dich wirken zu lassen.

Welches Ergebnis hattest du erwartet?

Dachtest du, deine Work-Life-Balance sei schon okay?

Wie fühlt es sich an, ______ Zufriedenheitspunkte erreicht zu haben?

Hattest du eine höhere Zahl erwartet?

Wie viel/wenig Zeit bleibt dir für Dinge, die dir guttun?

Bist du vielleicht sogar ein wenig erschrocken über dein Ergebnis?

Die wichtigste Frage jedoch ist: Bist du zufrieden mit dem Ergebnis und wenn nein, möchtest du etwas ändern?

20

FREIZEIT

Die gezielte Gestaltung deiner Freizeit ist ein wesentlicher Schritt auf dem Weg zu mehr Achtsamkeit im Leben und zu mehr Zufriedenheit. Dabei ist es wichtig zu verstehen, welche Tätigkeiten dir tief im Herzen Freude bereiten, was deiner Seele guttut und deine Batterien auflädt. Für den einen mag dies das Mountainbiken sein, für den anderen die Meditation. Für den einen der Vereinssport, für den anderen die ehrenamtliche Tätigkeit im Altenheim. Für den einen das Lesen eines Buches, für den anderen das Treffen mit einem Herzensmenschen. Was auch immer du gern machst, tu mehr davon! Versuche aber, mindestens einmal am Tag nach draußen zu gehen, frische Luft zu schnappen und Sonne zu tanken.

Wie verbringst du in der Regel deine Freizeit?

Welche Hobbies hast du?

Machst du Sport, wenn ja welchen und wie oft?

Bist du viel in der Natur?

Bist du in deiner Freizeit an Orten, die dir guttun? An welchen?

Verbringst du deine Freizeit mit Menschen, die dir guttun?

Lachst du viel in deiner Freizeit?

Gehst du deinen Freizeitaktivitäten allein nach oder mit (d)einem Partner, einer Freundin etc.?

Welche Freizeitbeschäftigung würdest du ohne diese Person(en) vermutlich nicht tun?

Welches Hobby, welche Tätigkeit, was würdest du gern machen, tust es aber (noch) nicht?

Was würdest du gern mehr machen?

Wie viel Freizeit hast du überhaupt?

Gönnst du dir genug Freizeit?

Kommunizierst du Wünsche und Bedürfnisse klar genug?

Geht es bei der Freizeitgestaltung auch mal um dich?

Wie erfüllt bist du durch das, was du in deiner Freizeit machst?

Solltest du deine Freizeitgestaltung überdenken?

☐ **Ja** ☐ **Nein**

Wenn ja, dann starte gleich heute damit, etwas zu tun, das dir Freude bereitet und ein Lächeln auf die Lippen zaubert. »Ich habe aber keine Zeit« gilt nicht! »Ich habe aber wirklich keine Zeit« erst recht nicht. Nimm dir jetzt gleich fünf bis zehn Minuten nur für dich und tue etwas, was dir so richtig guttut.

»I exercise to burn off the crazies.«

(Mein Partner Martin Schröder, zu Deutsch: Ich treibe Sport, um ausgeglichen zu sein.«

21

MEIN KÖRPER

»Kümmere dich um deinen Körper. Es ist der einzige Ort, den du zum Leben hast.«[6]

Besser auf den Punkt bringen hätte es der US-amerikanische Autor und Motivationstrainer Jim Rohn kaum können. Ohne Körper kein Leben. Punkt.

Dein Körper ist ein Geschenk. Er ermöglicht dir das Leben auf dieser Erde, die Interaktion mit Freunden und Familie und alles, was zum Leben dazugehört. Er ist die physische Basis deines Seins.

Ob du ihn dir genau so ausgesucht hättest, ist irrelevant, denn ›Umtausch‹ ist keine Option. Auch wenn uns die Medien häufig suggerieren, dass außer Größe 36 nichts zählt und wir am besten ständig mit einem Real-Life-Retusche-Programm herumlaufen sollten, das auch das allerletzte Fältchen entfernt. Dies ist weder sinnvoll noch möglich noch erstrebenswert. Wichtig ist jedoch: Es liegt in deiner Hand zu entscheiden, was du mit und was du aus deinem Körper machst. Ob du ihn annimmst, ihn pflegst, versorgst, formst und unterstützt, genauso wie auch er dich unterstützt. Oder ob du ihn schändlich behandelst, vernachlässigst, ausbeutest, trittst und verkommen lässt. Bevor wir im Detail auf die Themen Gesundheit und Ernährung eingehen, lass uns deinen Körper betrachten. So wie er ist. Und zwar nicht nur optisch, sondern auch in Bezug auf das, was du mit ihm machen kannst, wohin er dich trägt und wie.

Schau dir die nachfolgenden drei Skizzen an und stell dir vor, dies wäre dein Körper, von vorne, von hinten, von der Seite. Markiere in einer schönen Farbe all die Bereiche, für die du dankbar bist, die dir besonders gefallen, am Herzen liegen, mit denen du zufrieden bist. Sei dabei nicht zu streng mit dir und deinem Körper, sondern genieße es einfach mal zu sagen: »Ich liebe meine Hände, ich habe eine tolle Stimme, meine Augen sind wunderschön und ich habe die Beine einer Tänzerin. Ach ja, und mein Hintern, der hat auch echt was.« Freue dich in Dankbarkeit darüber, dass du so viel Positives an deinem Körper siehst.

Wenn dir diese Übung schwerfällt, dann suche dir ein Foto von dir heraus und lege es neben die Skizzen in dieses Buch. Nun stelle dir vor, der Mensch auf dem Foto wärst nicht du, sondern eine fremde Person. Betrachte die Person aus dieser objektiven Perspektive heraus und versuche, Dinge zu finden, die dir an ihr gefallen. Sei dabei ganz ehrlich und betrachte das Bild wirklich so, als wäre es eine fremde Person. Markiere nun all das, was dir an ihr gefällt. Wenn du damit fertig bist, dann sage dir: Diese Person bin ich, und ich bin dankbar für meinen Körper.

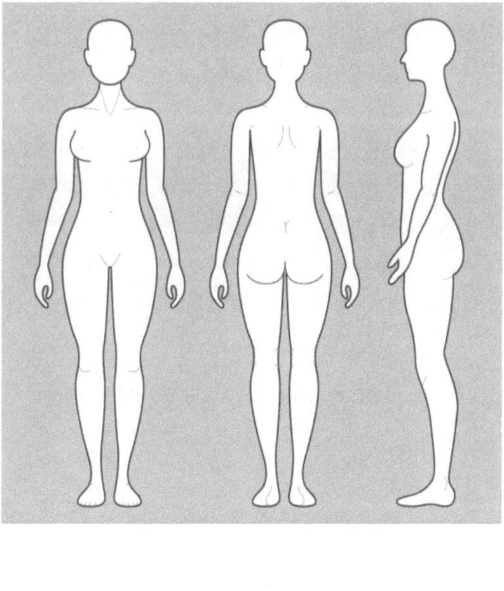

22
MEINE GESUNDHEIT

Beginnen wir auch dieses Kapitel mit Jim Rohn: »Kümmere dich um deinen Körper. Es ist der einzige Ort, den du zum Leben hast.« Je besser es deinem Körper geht, je gesünder er ist, je fitter und je stabiler, desto besser kannst du die Zeit, die dir in diesem Leben gegeben ist, auch nutzen und genießen. Der Dalai Lama wurde einst gefragt, was ihn am meisten überrasche. Dazu sagte er: »Der Mensch, denn er opfert seine Gesundheit, um Geld zu machen. Dann opfert er sein Geld, um seine Gesundheit wiederzuerlangen.«[7]

Wie steht es um deine Gesundheit? Wie geht es deinem Körper? Betrachte wieder die drei Skizzen und zeichne diesmal in Schwarz oder Rot all jene Bereiche ein, in denen du gesundheitliche Herausforderungen hattest oder hast, in denen du Unfälle hattest, Operationen durchgemacht hast und es deinem Körper nicht gut ging oder geht.

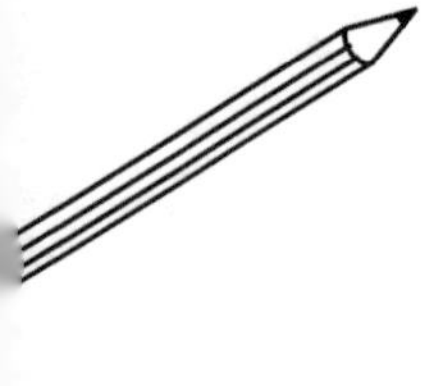
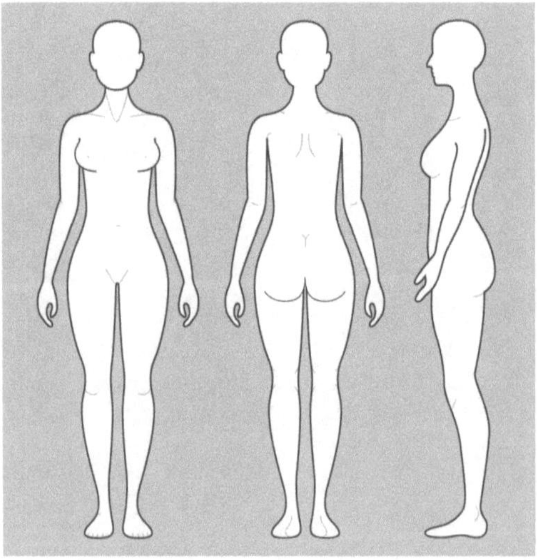

Leidest du an einer (schweren) Krankheit?

Nimmst du regelmäßig Medikamente?

Hattest du in deinem Leben Unfälle?

Hast du alte Verletzungen und sind diese verheilt?

Wurdest du schon einmal operiert?

Wie geht es dir körperlich?

Würdest du dich als gesund bezeichnen?

Würdest du dich als fit bezeichnen?

Bist du zu dick?

Bist du zu dünn?

Tust du regelmäßig etwas für deine Gesundheit?

Tust du genug für deine Gesundheit?

Welchen Einfluss hat dein Umfeld auf deine Gesundheit?

Welchen Einfluss hat deine Arbeit auf deine Gesundheit?

Welchen Stellenwert hat deine körperliche Gesundheit in deinem Leben?

Genauso wie die mentale Gesundheit hat auch deine körperliche Gesundheit enorm viel mit deinem Mindset und deinen Taten zu tun. Wie es so schön im Englischen heißt: »The body has amazing healing powers« (zu Deutsch: Der Körper hat enorme Selbstheilungskräfte). Ob du also gesund bist oder nicht, hängt zu einem großen Teil davon ab, ob du beschließt, gesund zu leben, gesund zu sein und was du konkret dafür tust. Denn der Wille allein versetzt leider keine Berge. Wer nicht jeden Tag etwas für seine Gesundheit tut, muss eines Tages sehr viel Zeit in seine Krankheit investieren. In diesem Sinne und weil es einfach so passend ist: »Kümmere dich um deinen Körper. Es ist der einzige Ort, den du zum Leben hast.« Dazu gehört auch, zum Arzt zu gehen, denn dieser kann helfen, wenn du allein nicht mehr weiterkommst.

23

MEINE ERNÄHRUNG

Viele Menschen würden alles dafür tun, um abzunehmen und gesund zu sein – außer sich richtig zu ernähren. Das klingt erst einmal wie ein lässig dahergesagter Social-Media-Spruch, bei näherer Betrachtung zeigt sich aber, wie häufig dies leider der Realität entspricht und wie viele Menschen sich bewusst oder unbewusst schlecht ernähren, am Schreibtisch sitzend achtlos in sich hineinschlingen und Dinge zu sich nehmen, die für sie und ihren Körper schädlich sind. Dabei stellt gesunde Ernährung eine elementare Säule der Gesundheit, des langen Lebens und auch der mentalen Ausgeglichenheit dar. Wer also viele Fertiggerichte, viele Süßigkeiten und viel Fettiges zu sich nimmt und dies mit Softdrinks, süßen Säften und am besten noch zwei, drei Gläschen Prosecco herunterspült, der braucht sich nicht zu wundern, wenn es ihm nicht gut geht.

Gesunde Ernährung ist wichtig für ein achtsames Leben mit möglichst wenig Schmerzen, Einschränkungen und Leid. Sie kann erlernt werden, und das sollte sie auch. Dabei gibt es natürlich unzählige verschiedene Schulen der gesunden Ernährung, und es liegt mir fern, diese zu bewerten oder dir den einzig wahren Weg zu empfehlen, denn diesen einen gibt es wie so oft im Leben nicht. Ausschlaggebend ist, dass du den für dich richtigen Weg findest und dich bewusst gesünder ernährst und dass du neben dem, was du zu dir nimmst, auch bewusst steuerst, wie du isst. Denn ein Genießen deines Essens in angenehmer Gesellschaft ist ebenso wichtig wie das, was du zu dir nimmst.

Hand aufs Herz, wie steht es um deine Ernährung?

Ernährst du dich gesund?

Ist dir bewusst, was gesunde Ernährung eigentlich bedeutet?

Isst du viel Gemüse, Salat und Obst?

Ernährst du dich ausgewogen?

Hörst du generell auf zu essen, wenn du satt bist?

Isst du öfter mal zu viel?

Isst du überhaupt genug?

Was trinkst du?

Wie viel trinkst du?

Nimmst du dir Zeit, dein Essen vorzubereiten?

Nimmst du dir Zeit, dein Essen bewusst zu genießen?

Isst du gemeinsam mit deiner Familie, deinen Kollegen oder Freunden?

Oder isst du schnell und allein am Schreibtisch oder vor dem Fernseher?

Kochst du frisch oder greifst du eher zu Fertigprodukten und Fast Food?

Dieses Kapitel ist selbstredend weit davon entfernt, ein Ernährungsberater zu sein. Dennoch kann es dir dabei helfen, mehr Bewusstsein für dieses wichtige Thema zu erlangen und einen ersten (wenn vielleicht auch kleinen) Schritt in die richtige Richtung zu tun.

Nimm dir in den nächsten Tagen gern diese sechs ersten Schritte vor und beobachte dich dabei, wie es dir damit geht:

- ➔ **Einfach mal aufhören zu essen, wenn du satt bist.**
- ➔ **Einfach mal Wasser trinken, statt Wein, Saft oder Softdrink.**
- ➔ **Einfach mal jeden Bissen bewusst genießen.**
- ➔ **Einfach mal mit Familie oder Freunden gemeinsam essen.**
- ➔ **Einfach mal gesündere Dinge einkaufen.**
- ➔ **Einfach mal bewusst weniger Ungesundes zu dir nehmen.**

»Die schlimmste Wurscht ist die Eh-schon-Wurscht.«

(Wurscht = Bayerisch für Wurst, Lebensweisheit)

24

MEINE MENTALE GESUNDHEIT

Die mentale, die psychische Gesundheit ist mindestens genauso wichtig wie die körperliche. Denn nur wenn es sowohl deinem Geist als auch deinem Körper gut geht, wenn beide gesund und in Balance sind, kann sich dein Leben voll entfalten. Nur dann kannst du wahrlich glücklich und zufrieden sein.

Heutzutage versteht man unter mentaler Gesundheit weit mehr als das Fehlen psychischer Krankheiten, Beeinträchtigungen und Störungen. Das ganzheitliche Wohlbefinden ist von übergeordneter Relevanz für die Lebensqualität. Neben der emotionalen, der psychologischen und der sozialen Komponente spricht die Literatur daher in der Regel von den folgenden acht Dimensionen des Wohlbefindens:[8]

1) Emotionales Wohlbefinden
2) Körperliches Wohlbefinden
3) Spirituelles Wohlbefinden
4) Finanzielles Wohlbefinden
5) Intellektuelles Wohlbefinden
6) Soziales Wohlbefinden
7) Ökologisches Wohlbefinden
8) Berufliches Wohlbefinden

Wo stehst du in deinem Leben? Wie geht es dir in den verschiedenen Bereichen? Betrachte in Ruhe die acht Dimensionen des Wohlbefindens und wofür diese stehen. Zeichne neben jede der einzelnen Dimensionen ein Emoji, der deinem Zustand in diesem Bereich entspricht. Um es nicht zu verkomplizieren, nutze entweder das lachende Emoji, das neutrale oder das traurige.

☺ 😐 ☹

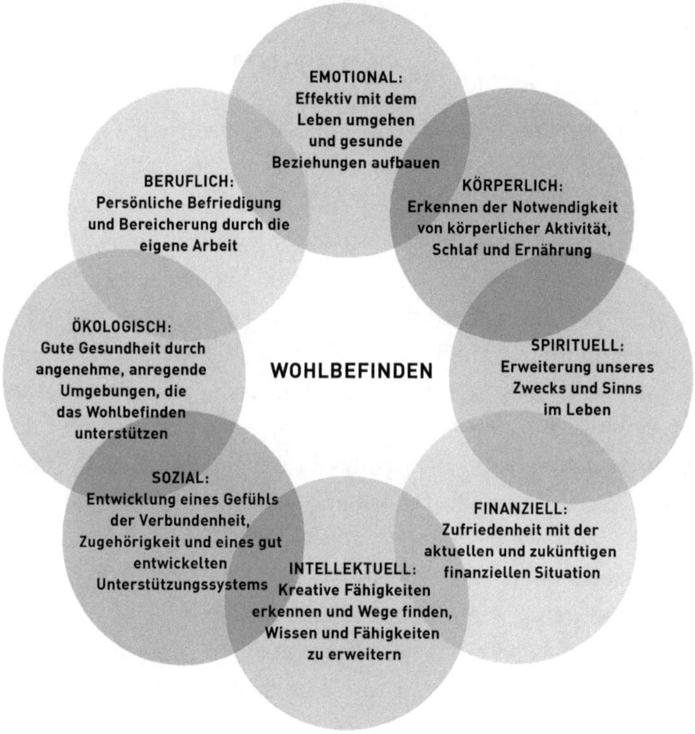

Welches Ergebnis zeigt sich dir? Hast du viele strahlende Bereiche in deinem Leben? Geht es dir rundherum gut? Oder hast du doch einige neutrale oder gar traurige Emojis gemalt? Sind bei dieser Übung vielleicht sogar Tränen geflossen oder liegt dir ein Kloß im Hals? Vergiss bitte nie, dass du nicht allein bist. Suche dir professionelle Hilfe, wenn es dir nicht gut geht. Lass dir unbedingt helfen, sodass auch deine mentale Gesundheit, dein Wellbeing, bald wieder im grünen Bereich und in Balance ist.

25

MEINE SPIRITUALITÄT

Die Spiritualität erlebt derzeit eine Renaissance. Der Fokus nach innen, der Glaube an einen tieferen Sinn, das Sich-Verbinden, das Hören auf die eigene Intuition, die Re-Fokussierung auf das Wesentliche und das bewusste Sein: All dies nimmt im Rahmen der neuen, immer populärer werdenden Spiritualität merklich zu. Dabei gibt es keine eindeutige oder allgemeingültige Definition des Begriffes Spiritualität. Es geht vielmehr um eine Art individuellen Lebenskompass. Ob dies mit einem Gott, einem Geisteswesen, einer natürlichen oder übernatürlichen Kraft erfolgt, bleibt dabei jedem selbst überlassen. Eine schöne Beschreibung von Spiritualität teilte vor einigen Jahren der Benediktiner Altabt Odilo Lechner: »Der spirituelle Mensch lebt von innen her. Spiritualität bedeutet, dass mein Leben eine Richtung hat, die aus meinem Herzen, aus meiner Seele kommt.« Und damit ist sie einer der großen Schlüssel auf dem Weg hin zu einem achtsameren Leben und zu mehr Zufriedenheit.

Würdest du dich als spirituell bezeichnen?

Beschäftigst du dich mit oben genannten Themen?

Folgst du deinem Herzen?

Vertraust du deiner Intuition?

Glaubst du an Gott?

Glaubst du an eine Kraft, an ein Geisteswesen oder das Universum?

Glaubst du an Karma und an Wiedergeburt?

Wenn du Hilfe brauchst, gibt es dann einen Gott, ein Wesen, an den/das du dich wenden kannst?

Woher nimmst du deine Kraft im Leben?

Wer inspiriert dich auf deinem spirituellen Weg?

Gibt es ein besonderes Buch, das dir geholfen hat?

Hast du einen Herzens-Podcast?

Nimmst du dir genügend Zeit für diese wichtigen Themen?

Die Blume des Lebens ist ein Sinnbild für Unendlichkeit und vollkommene Harmonie. Wenn du möchtest, darfst du diese gern mit bunten Farben ausmalen, während du über das Thema Spiritualität nachdenkst.

26
GRENZEN SETZEN

Grenzen setzen hat nichts mit Egoismus zu tun. Ganz im Gegenteil: Wenn du immer nur versuchst, es allen recht zu machen, dann machst du es im Endeffekt allen anderen recht, nur eben nicht dir selbst. Das ist fatal, denn über kurz oder lang verlierst du dich dabei selbst und gehst langsam unter, während du mit aufgesetztem Lächeln die Fahne der vermeintlichen Nächstenliebe schwenkst.

Jeder Mensch benötigt ein gesundes Maß an Selbstschutz. Das bedeutet nicht, dass du nicht für andere da sein kannst. Aber alles in Maßen und zu seiner Zeit. Es ist richtig und wichtig, anderen zu helfen und für andere da zu sein, gerade in Notsituationen. Dies kann sogar sehr erfüllend sein. Aber eben nur so lange, wie du deine eigenen Bedürfnisse dabei nicht dauerhaft vernachlässigst oder gar verrätst.

Nein sagen ist eine hohe Kunst und Grenzen setzen Ausdruck deiner Liebe zu dir selbst und Achtung deiner eigenen Bedürfnisse. Wenn es nur einfacher wäre!

Wie geht es dir mit dem Thema Grenzen setzen? Betrachte die folgenden Fragen und beantworte sie ganz intuitiv.

Wie leicht fällt es dir, Grenzen zu setzen?

Wie leicht fällt es dir, klar >Nein< zu sagen?

Hast du das Gefühl, für andere da sein zu ›müssen‹ und andere hängen zu lassen, wenn du ›Nein‹ sagst?

Macht es dir Freude, für andere da zu sein?

Bist du vielleicht ein klein wenig zu oft für andere da?

Springst du immer als Erste auf, wenn es etwas zu tun gibt?

Gibt es eine oder mehrere Personen in deinem Leben, die dir (zu) viel Energie rauben?

Gibt es eine oder mehrere Personen, die dich respektlos behandeln und nicht gut für dich sind?

Gibt es Menschen, die dir gegenüber regelmäßig ihre Grenzen überschreiten?

Hast du klar kommuniziert, wie es dir dabei geht?

Vernachlässigst du zu oft deine eigenen Bedürfnisse?

Schluckst du deine Verletzungen hinunter?

Geht es in deinem Leben ausreichend um dich?

Siehst du, wie wichtig es ist, öfter mal ›Nein‹ zu sagen und klare Grenzen zu setzen?

Möchtest du souveräner darin werden, ›Nein‹ zu sagen?

Schreibe hier in großen Buchstaben das kleine und so wichtige Wörtchen ›NEIN‹ auf.

NEIN

Starte im Kleinen: Versuche bei der nächsten Situation, in der du es mal wieder anderen recht machen oder deinen Unmut nicht kommunizieren würdest, eine winzige Grenze zu setzen oder ein vorsichtiges Nein zu formulieren. Und dann arbeite dich langsam vor. Irgendwann wird es dir leichter fallen, auf dich zu achten und höflich zu sagen, dass etwas gerade nicht passt. Denn wie alles andere auch sind das Setzen von Grenzen und das Nein-Sagen nichts anderes als Lernprozesse.

»Oft ist ein ›Nein‹ die beste Liebeserklärung an dich selbst.«

27

MEIN UMFELD

Mit welchen zehn Menschen verbringst du aktuell gefühlt die meiste Zeit? Das können dein Partner sein, deine Kinder, Eltern, Freunde, Arbeitskollegen, aber durchaus auch ein Widersacher, die kranke Schwiegermutter, ein nerviger Ex oder der etwas zu redselige Nachbar von nebenan. Dabei musst du mit der entsprechenden Person nicht einmal physischen Kontakt haben, eine virtuelle Zusammenarbeit oder regelmäßige Anrufe zählen genauso wie die intensive gedankliche Auseinandersetzung mit einem Menschen, ob positiv oder negativ. So kann beispielsweise eine inspirierende Persönlichkeit, der du auf Social Media folgst und deren Podcast du regelmäßig anhörst, ein genauso wichtiger Teil deines Lebens sein, wie die Ex-Frau deines Partners, mit der du zwar selten Kontakt hast, die aber mit regelmäßigen Eifersüchteleien eine zu dominante Stellung in eurem gemeinsamen Leben einnimmt.

Schreibe die Namen der zehn derzeit präsentesten Personen in deinem Leben auf und markiere, ob diese dir guttun, neutral sind oder dir Energie entziehen.

1) .... ☺ 😐 ☹
2) .... ☺ 😐 ☹
3) .... ☺ 😐 ☹
4) .... ☺ 😐 ☹
5) .... ☺ 😐 ☹
6) .... ☺ 😐 ☹
7) .... ☺ 😐 ☹
8) .... ☺ 😐 ☹
9) .... ☺ 😐 ☹
10) .... ☺ 😐 ☹

Was denkst du über dein Ergebnis? Bist du überrascht? Erstaunt? Oder vielleicht sogar besorgt?

Ein altes Sprichwort besagt: »Zeige mir deine Freunde und ich sage dir, wer du bist.« Zwar umfasst diese Liste weit mehr als nur Freunde, dennoch ist etwas sehr Wahres an dem Satz. Denn die Menschen in deinem Umfeld haben einen großen Einfluss auf dein Leben, deine Energie und deine Zufriedenheit. Umso wichtiger ist es, dass du möglichst viel Zeit mit Menschen verbringst, die deiner Seele guttun, die dir Energie schenken, mit denen du lachen kannst und fröhlich bist, die dich inspirieren, die dich sehen, wertschätzen und weiterbringen auf deinem Weg. Wenn du fliegen möchtest, dann umgib dich mit Adlern und Phönixen und versauere nicht in einer Kolonie flugunfähiger Pinguine – so nett diese auch sein mögen.

Natürlich gibt es Phasen im Leben, in denen wir Zeit mit Menschen verbringen (müssen), die uns Energie rauben. Dies sollte jedoch in Maßen sein. Wenn du also auf der Liste zu viele unangenehme Energiediebe stehen hast, dann mach dir unbedingt aktiv Gedanken darüber, wie du in Summe mehr Zeit mit positiven Menschen und weniger Zeit mit negativen Menschen verbringen kannst. Oder wie du dich zumindest emotional so weit schützen kannst, dass sie dir bei unvermeidlichen Zusammentreffen nicht deine wertvolle Freude rauben können. Schicke diesen Menschen Liebe und Licht und halte die negativen Gedanken und Energien so gut wie möglich fern von dir. Denn es liegt an dir, ob du Negativität an dich heranlässt oder ob du mit Großzügigkeit und Güte agierst und dir damit dein Leben um ein Vielfaches leichter machst.

In diesem Sinne lade ich dich nun ein, eine zweite Liste zu erstellen. Eine Liste, auf der nur positive Namen stehen. Menschen, mit denen du bereits viel Zeit verbringst, genauso wie Menschen, mit denen du gern mehr Zeit verbringen möchtest.

Schreibe zu jedem Namen eine konkrete Idee, wann, wie oder wo du möglichst bald mit dieser Person Kontakt haben und/oder Zeit verbringen wirst.

1) --

----

2) --

----

3) --

----

4) --

----

5) --

----

6) --

----

7) --

----

8) --

----

9) --

----

10) --

»Wenn du fliegen möchtest,
vereine dich mit
Adlern und Phönixen.«

28

MEIN SUPPORT-SYSTEM

Unter dem Support-System eines Menschen versteht man das Netzwerk an Personen, die diesem faktische und/oder emotionale Unterstützung bieten. Gerade in kritischen Situationen, bei Lebenskrisen, Schicksalsschlägen, in schweren Momenten, bei großen Entscheidungen oder einfach nur an einem schlechten Tag sind diese Menschen zum Teil überlebenswichtig. Denn es gibt Zeiten im Leben, da geht es allein nicht mehr weiter, da brauchen wir eine Schulter, an die wir uns lehnen können, da benötigen wir die Unterstützung anderer. Vermutlich gab es in deinem Leben auch bereits Situationen, in denen du völlig verzweifelt warst. Wer war damals für dich da? Wer hat dir geholfen? Schreibe in das Herz die Namen der Menschen auf, die dir damals zur Seite gestanden haben. Dabei ist es egal, ob dir diese Personen praktisch oder emotional geholfen haben. Wichtig ist: Sie waren für dich da! Und wenn du mehr Platz benötigst, dann male unbedingt weitere Herzen hinzu.

Es ist beruhigend zu wissen, dass du nicht allein bist, dass es Menschen gibt, die dir ihre Hand reichen, dich fest in den Arm nehmen, bei denen du weinen kannst und bei denen deine Sorgen sicher sind. Doch können diese Menschen nur dann für dich da sein, wenn sie wissen, wie es dir geht. Das klingt so banal, doch vielen Menschen fällt es extrem schwer, sich verletzlich zu zeigen und aktiv und klar um Hilfe zu bitten. Dabei ist dies so wichtig, denn auch dein Gegenüber sieht manchmal schlichtweg nicht, wie sehr du gerade seine Hilfe brauchst. Ich kann dich an dieser Stelle nur ermutigen, die Menschen, die du zu deinem Support-System zählst, aktiv anzusprechen, wenn du ihre Hilfe benötigst, und deutlich zu formulieren, wie es dir geht. Ich weiß, das ist vielleicht nicht einfach, aber es ist der schnellste und beste Weg, auch wirklich Unterstützung zu bekommen.

Notiere dir hier die zehn Personen, die du zu deinem engsten Support-System zählst. Danke ihnen das nächste Mal, wenn du sie siehst oder mit ihnen sprichst, dafür, dass sie für dich da sind, wenn du sie brauchst.

1) ....

2) ....

3) ....

4) ....

5) ....

6) ....

7) ....

8) ....

9) ....

10) ....

29

SELBSTLIEBE

Die Selbstliebe bezeichnet die uneingeschränkte Liebe zu dir selbst, die vollständige Annahme deiner Person, mit allem, was dazugehört. Doch dies ist oft einfacher gesagt als auch getan. Denn da sind deine vermeintlichen Fehler, Makel und Unzulänglichkeiten, da ist der Vergleich mit anderen, da sind gesellschaftliche Erwartungen, die eigenen Erwartungen, die Selbstzweifel. Und schon ist es dahin mit der bedingungslosen Liebe deiner selbst. Schade, denn die Selbstliebe ist eine wesentliche Voraussetzung für ein Leben voller Zufriedenheit, Glück und Erfolg. Dabei geht es bei der Eigenliebe natürlich weder um selbstverliebten Narzissmus, unangemessene Arroganz noch um übertriebene Selbstgefälligkeit. Es geht darum, dein Herz zu öffnen für dich selbst. Inwieweit gelingt dir das bereits? Betrachte das Herz, das du bereits aus dem Kapitel über Liebe kennst, und male von innen kommend so viele Herzens-Ringe aus, dass das fertige Werk deine Liebe für dich selbst reflektiert.

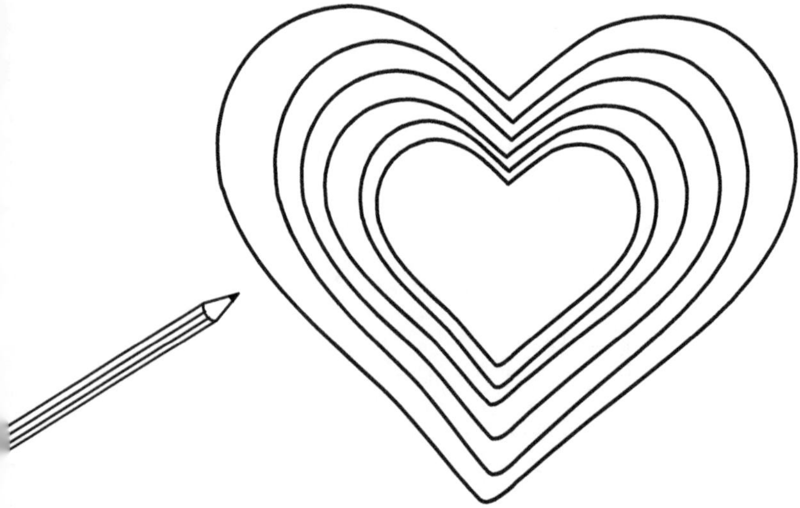

Im Idealfall hast du bereits gelernt, dich selbst so anzunehmen, wie du bist, mit all deinen großartigen Stärken, aber auch mit deinen Besonderheiten.

Wenn du dich selbst liebst, behandelst du dich gut und achtest auf deine Bedürfnisse. Dann bist du nicht angewiesen auf Bestätigung, Zuspruch und Anerkennung von außen. Dann ruhst du in tiefer Zufriedenheit in dir selbst.

Das Schöne ist, Selbstliebe kann erlernt werden. Betrachte die neun Schritte zu mehr Selbstliebe und versuche, diese aktiv in deinen Alltag einzubauen.

30

ACHTSAMKEIT & ZUFRIEDENHEIT

Achtsamkeit ist eine der wichtigsten Qualitäten im Leben der Menschen. Doch viel zu häufig fällt sie dem Alltagsstress, den schier endlosen Aufgabenlisten, den großen und kleinen Sorgen zum Opfer. Dabei ist gerade die Achtsamkeit ein wirksames Mittel, mit eben diesen besser umzugehen. Doch wie so oft im Leben ist der sinnvollste Weg oft nicht der, der beschritten wird. Wie steht es bei dir um das Thema Achtsamkeit? Gelingt es dir, diese aktiv in deinen Alltag zu integrieren, innezuhalten, bewusst zu handeln, bewusst zu erleben und bewusst zu sein? Schreibe drei Stichworte oder Situationen auf, in denen es dir in der Regel gut gelingt, achtsam zu sein. Und schreibe drei Stichworte oder Situationen auf, in denen dir dies noch nicht so gut gelingt.

1) ....
2) ....
3) ....

1) ....
2) ....
3) ....

Zufriedenheit ist der Zustand inneren Friedens und innerer Ausgeglichenheit, bei dem du mit dir und deinem Leben in Einklang bist. Wenn du zufrieden bist, ist deine Lebensqualität auf dem Höhepunkt. Du hast den Weg hin zu(m) Frieden (= Zufrieden-heit) erreicht.

Die Art und Weise, mit der du durchs Leben schreitest, hängt dabei weniger von äußeren Faktoren wie materieller Sicherheit, Gesundheit oder der Heirat des geliebten Partners ab.

Eine zentrale Erkenntnis der Psychologen, Neurowissenschaftler und Lebensforscher besagt: »Die Grundstimmung, mit der wir durchs Leben gehen, hängt nur in verblüffend geringem Maße von den Wendungen ab, die unser Schicksal nehmen mag. Mehr noch: Grundsätzlich ist jeder Mensch fähig, seine Zufriedenheit zu verbessern.«[9]

Wie zufrieden bist du? Versuche, deiner Zufriedenheit in diesem Mandala Ausdruck zu verleihen. Nimm dir bunte Farben und male dieses aus, ohne groß nachzudenken. Die Farben, die du wählst, die Anzahl an Blüten, die du ausfüllst, drücken dabei aus, wie zufrieden du bist. Es ist okay, wenn du noch weiße Bereiche hast, schließlich geht es in diesem Workbook um den Weg hin zu mehr Zufriedenheit und keine bereits bestehende Perfektion.

Part 4

— WO WILL ICH HIN —

Wo will ich hin?

In den ersten drei Bereichen dieses Workbooks bist du auf eine Entdeckungsreise zu dir selbst, in deine Vergangenheit und in dein aktuelles Leben gegangen. Nun geht es um einen weiteren, wesentlichen Schritt auf deinem Weg hin zu mehr Achtsamkeit und mehr Zufriedenheit – nämlich darum, was du aus dir und deinem Leben machen möchtest. Wie Laura Malina Seiler so schön sagt: »Es gibt niemanden, der dich aufhalten kann, dein Leben nach genau deinen Vorstellungen zu erschaffen, außer dir selbst.«[10] Es liegt in deiner Hand, deine Zukunft bewusst zu gestalten und dir ein vielleicht noch wundervolleres Leben aufzubauen, als du es in diesem Moment zu träumen wagst. Dieser Bereich begleitet dich dabei, herauszufinden, was du für dich und dein Leben willst. Mit kleinen und großen Fragen, wertvollen Impulsen und ersten Umsetzungs-Tipps ist es dein persönlicher Wegweiser hin zu mehr Klarheit, hin zu einem neuen ›Ich‹.

Verabschiede dich vom Status quo!

Denke groß!

Habe keine Angst davor,
deine Herzens-Wünsche zu formulieren!

Sei offen für Veränderung!

31

WENN ICH KEINE VERPFLICHTUNGEN HÄTTE

»Was würde ich dafür geben, nicht so viele Verpflichtungen zu haben! Wie sehr beneide ich dich um deine Freiheit.« Diesen Satz sagte mir vor vielen Jahren eine gute Bekannte in Singapur, begleitet von einem erschöpften Seufzer. Ich war völlig perplex. Nur ein paar Monate zuvor hatte ich meine gut bezahlte Karriere als Marketing-Direktorin bei BMW Asia an den Nagel gehängt und stand vor der Mammut-Aufgabe, mir von null an eine neue Existenz aufzubauen, allein in einem fremden Land. Meine Bekannte hingegen: eine glücklich verheiratete, millionenschwere Unternehmerin, die meines Erachtens so ziemlich alle Freiheiten und Sicherheiten der Welt besaß. Und wenn ihr ihr Leben zu viel sei, dann könnte sie doch ohne Weiteres (meine naive Annahme) ihre Firmen verkaufen und bis zum Ende ihres Lebens für sich und ihre Familie ein Leben in völliger Freiheit und enormem Wohlstand leben. Doch so einfach geht das in der Realität oft nicht. Da gibt es faktische Verpflichtungen, und dann gibt es moralische. Beide wiegen oft ähnlich schwer. Für meine Bekannte war es vor allem die gefühlte Verpflichtung ihren Kindern gegenüber, ihnen als fleißige, erfolgreiche Unternehmer-Mutter ein Vorbild zu sein und gleichzeitig Hunderten von Angestellten ein sicheres Auskommen zu ermöglichen.

Als soziale Wesen leben wir Menschen in Strukturen und Beziehungen mit anderen. Dies hat für den Einzelnen Vorteile, bringt aber auch Verpflichtungen mit sich. Das Leben ist damit voller Kompromisse, und das ist okay. Es liegt an dir, dein Leben in einer Art und Weise zu gestalten, in der diese dich nicht erdrücken oder zu einer zu großen Last werden. Entscheidest du dich zum Beispiel für ein Leben mit Familie, bedeutet das vermutlich, dass Ausschlafen am Wochenende eher eine Seltenheit ist. Dafür kommst du in den Genuss des Familienlebens. Entscheidest du dich für eine erfolgreiche Konzernkarriere mit einem dicken Gehaltsscheck, bedeutet dies vermutlich, dass du beizeiten der Politik im Unternehmen ausgesetzt bist und viele Überstunden leisten wirst.

Lass dich gern auf folgendes Gedankenspiel ein und beantworte diese Fragen aus deinem Herzen heraus. Was hier zählt, ist nicht die Vernunft, sondern lediglich die Emotion:

Welche Verpflichtungen liegen dir im Magen?

Welche Kompromisse fühlen sich nicht so gut an?

Was nervt dich an deinem Leben?

Wo fühlst du dich ausgebremst?

Wo hast du das Gefühl, dich nicht entfalten zu können?

Wann hast du das Gefühl, nicht du zu sein?

In welchem Bereich geht es immer nur um das, was andere wollen, und nie um deine Bedürfnisse?

Schreibe nun zu den folgenden Fragen deine Gedanken intuitiv, direkt und ohne große Überlegung nieder, vor allem bevor irgendwas in dir ruft: »Aber, das geht doch nicht!« Es geht hier nicht um eine reale Zielvorstellung, sondern um ein mutiges Gedankenspiel, bei dem du für einen Moment alle Verpflichtungen und Kompromisse vergisst.

Wie würde dein Leben aussehen, wenn du keine Verpflichtungen hättest?

Was würdest du machen?

Wo würdest du leben?

Wie würdest du leben?

Und mit wem?

Würdest du arbeiten?

Was würdest du beruflich machen?

Welche Dinge würdest du deutlich weniger machen?

Welche Dinge würdest du deutlich mehr machen?

Wie würdest du dich fühlen?

Lass uns den Realitätscheck machen. Sind dir diese Ideen und Träume wichtig genug, um dafür dein aktuelles Set-up zu verändern und neue Wege zu gehen? Jede Lebensentscheidung bringt Verpflichtungen und Kompromisse mit sich. Wichtig ist zu verstehen, wie viel Schönes dir durch das Zusammenspiel mit anderen ermöglicht wird. Betrachte daher bewusst, wie sehr dich gewisse Verpflichtungen und Kompromisse zwicken und wie viel Last sie sind. Betrachte aber auch, wie viel Positives sie dir ermöglichen. Dann wäge für dich ab, was überwiegt. Ist die Belastung zu groß, solltest du diese Dinge in deinem Leben ansprechen und ändern. Schließlich geht es darum, dass es dir gut geht und du glücklich und zufrieden bist.

32

MEINE ›BUCKET-LIST‹

Die berühmt-berüchtigte ›Bucket-List‹, also die Liste an Dingen, die du in deinem Leben unbedingt noch machen möchtest. Viel wird über sie geredet, selten wird sie auch verfolgt. Dabei befasst sie sich doch mit jenen Dingen, die dir am Herzen liegen. Dies kann der Urlaub auf den Malediven genauso wie die Retreat-Reise in die Mongolei sein. Es kann das langersehnte Tattoo genauso wie der Tantra-Workshop, die Gründung einer eigenen Firma oder die Heilpraktiker-Ausbildung sein. Lass uns in diesem Kapitel deine ›Bucket-List‹ erstellen! Überlege dir hierfür gern Dinge, die dir dabei helfen, ein zufriedeneres und erfüllteres Leben zu genießen. Denn darum geht es in diesem Workbook für mehr Achtsamkeit: dir ein Leben mit mehr Zufriedenheit zu gestalten.

1) ....

2) ....

3) ....

4) ....

5) ....

6) ....

7) ....

8) ....

9) ....

10) ....

Da steht sie nun in vollem Glanze, deine persönliche ›Bucket-List‹, mit vielen wundervollen Ideen. Damit deine ›Bucket-List‹

keine Liste der unerfüllten Träume bleibt, darfst du dir in einem zweiten Schritt überlegen, was du selbst konkret dafür tun kannst, dass jeder einzelne deiner zehn Wünsche irgendwann in Erfüllung gehen kann.

Möchtest du beispielsweise auf die Retreat-Reise in die Mongolei mitkommen, dann fasse hier und heute für dich den Entschluss, dir selbst dieses Geschenk zu machen. Alle Informationen dazu findest du im Anhang in dem Kapitel ›Wie geht es weiter‹. Oder möchtest du das Meditieren lernen, dann verabrede dich für nächste Woche mit einer Freundin, die seit Jahren regelmäßig meditiert, und bitte sie, dir über ihre Erfahrungen zu berichten. Und wenn du einen Wunsch auf deiner Liste stehen hast, der nicht mehr (wie geplant) in Erfüllung gehen kann, dann sei nicht zu traurig. Bist du vielleicht bereits aus dem gebärfähigen Alter raus, hattest dir aber immer Kinder gewünscht, dann überlege dir, wie du dennoch für Kinder da sein kannst. Vielleicht ist in deiner Nähe ein Flüchtlingsheim mit Kindern, denen du eine echte Stütze sein und mit denen du wertvolle Stunden verbringen kannst.

1) ....

2) ....

3) ....

4) ....

5) ....

6) ....

7) ....

8) ....

9) ....

10) ....

33

DIE WELT ERLEBEN

Dieser Bereich deines Workbooks befasst sich damit, wohin du in deinem Leben möchtest. Dabei geht es natürlich vor allem darum, wohin du im übergeordneten Sinne möchtest, wie du dich entwickeln möchtest und wie du dein Leben und deinen Alltag gestalten kannst, damit du zufriedener, glücklicher und erfüllter bist.

Doch ist es durchaus auch legitim, darüber nachzudenken, wohin du in deinem Leben noch reisen möchtest, welche Kulturen du kennenlernen möchtest, von welchen Völkern du dich inspirieren lassen möchtest und welches Land dir am Herzen liegt. Betrachte in diesem Kapitel deshalb diese Weltkarte und markiere in verschiedenen Farben A) die Länder, in denen du schon warst, B) die Länder, die du gern bereisen möchtest, C) die Länder, in denen du gegebenenfalls schon gelebt hast, und D) das Land oder die Länder, in denen du vielleicht gern leben würdest, egal ob dies realistisch erscheint oder nicht. Nimm dir dazu gern eine Weltkarte mit Ländernamen zur Hand.

»Das Reisen führt uns zu uns selbst zurück.«

(Albert Camus)[11]

34
KÖRPER & GESUNDHEIT

Dein Körper ist die physische Basis deines Seins. Oft wird er als Tempel bezeichnet, als Wohnort deiner Seele, Hülle deiner weltlichen Existenz. Tatsache ist, dass ohne deinen Körper nichts geht.

Ich würde dir an dieser Stelle gern die Geschichte von Max (Name geändert) erzählen, einem Jungen aus dem Dorf, in dem ich meine Teenagerzeit verbracht habe. Max war als Jugendlicher vor allem eines: dick und eher unattraktiv. Dass er eigentlich ein total netter Kerl war, stand leider nicht im Vordergrund. Er war halt einfach Max. Und er verbrachte sehr viel Zeit in Fastfood-Burger-Restaurants. Im Rahmen meines Studiums ging ich für anderthalb Jahre nach Neuseeland. An dem Abend meiner Rückkehr stieg in dem Dorf ein großes Fest (nicht für mich, aber das Timing war ziemlich gut). Endlich sah ich all meine Freunde wieder! Plötzlich stand ein extrem attraktiver junger Mann vor mir, lächelte mich an und sagte: »Hallo«. Irgendwie hatte ich das Gefühl, ihn zu kennen, wusste aber nicht woher. Er schien von meinem fragenden Blick verwirrt und wiederholte noch einmal sein freundliches »Hallo«. Mir war die Situation echt peinlich, aber es half ja nichts: »Sorry, aber kennen wir uns?« In dem Moment erfüllte ein riesiges Strahlen sein Gesicht: »Dass du mich nicht erkennst, ist das größte Geschenk, das du mir machen kannst. Ich bin es: Max!« Max? Dieser schlanke, gut aussehende, selbstbewusste und völlig pickelfreie junge Mann war Max? Unglaublich, aber wahr! Und dann sagte er den Satz, der mir bis heute Gänsehaut verschafft. »Ich hatte es so leid, dick zu sein. Also habe ich mein Leben umgekrempelt, endlich geht es mir richtig gut.«
Was Max in seinem jungen Alter erreicht hat, ist beeindruckend. Es zeigt, was ein Mensch durch das richtige Bewusst-

sein und Willenskraft alles schaffen kann. Durch radikale Umstellung seiner Ernährung und regelmäßigen Sport wurde aus dem dicken, ›hässlichen Erpelchen‹ ein attraktiver (und vermutlich auch deutlich gesünderer) Mann.

Was würde dir helfen, dich glücklicher, dein Leben zufriedener zu machen? Welche Krankheiten oder Schmerzen möchtest du loswerden? Inwiefern würdest du gern gesünder und fitter sein? Wie würdest du gern aussehen? Willst du den Schmerz in deiner Schulter loswerden? Willst du dir endlich die Haare wachsen lassen? Deine überschüssigen Pfunde loswerden?

Zeichne in die nachfolgende Grafik die Themen ein, die du für dich und deinen Körper angehen möchtest. Vielleicht fällt dir dies nicht leicht, aber tu es für dich! Und denke dabei an Max – ein gesunder, fitter und schöner Körper liegt zu großen Teilen an dir!

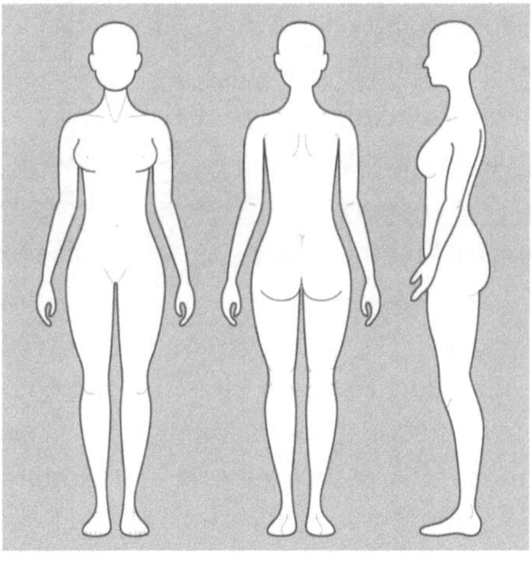

Stelle dir nun die Frage, wer dich auf diesem Weg begleiten kann und wie du die ersten Schritte gehen kannst. Vergiss dabei bitte nicht, dich unbedingt an Ärzte zu wenden, wenn es Krankheiten oder eine radikale Umstellung betrifft.

35

MENTALE GESUNDHEIT

Deine mentale Gesundheit, dein Wellbeing ist eine weitere wesentliche Säule der Zufriedenheit in deinem Leben. Auf dem Weg hin zu einem achtsameren Leben ist es daher von großer Bedeutung, alle acht Dimensionen des Wohlbefindens ins Lot zu bringen. Nur wenn du dich in jedem dieser Bereiche wohlfühlst, kann von vollständiger mentaler Gesundheit die Rede sein.

Gehe noch einmal zurück zu Kapitel 24 und betrachte die von dir gewählten Emojis. Übertrage den Status quo deiner mentalen Gesundheit von Kapitel 24 in die folgende Liste, indem du für die acht Dimensionen jeweils das von dir gewählte Emoji ausmalst.

1) Emotionales Wohlbefinden	☺	😐	☹
2) Körperliches Wohlbefinden	☺	😐	☹
3) Spirituelles Wohlbefinden	☺	😐	☹
4) Finanzielles Wohlbefinden	☺	😐	☹
5) Intellektuelles Wohlbefinden	☺	😐	☹
6) Soziales Wohlbefinden	☺	😐	☹
7) Ökologisches Wohlbefinden	☺	😐	☹
8) Berufliches Wohlbefinden	☺	😐	☹

Dieses Bild reflektiert den aktuellen Zustand deiner mentalen Gesundheit. Ziel dieses Workbooks ist es, dir dabei zu helfen, ein Leben mit mehr Achtsamkeit und Zufriedenheit aufzubauen. Betrachte daher die verschiedenen Bereiche.

Fange mit den Dimensionen des Wohlbefindens an, in denen du ein lachendes Emoji ausgewählt hast. Hier geht es dir gut, hier bist du ausgeglichen, hier fühlst du dich wohl. Wichtig ist dabei, dies nicht als selbstverständlich oder als gesetzt zu betrachten, viel zu schnell verändert sich nämlich die Welt. Formuliere daher einen klaren Satz, wie wichtig es dir ist, in diesen Bereichen dein aktuelles Wohlbefinden aufrechtzuerhalten, und schreibe ihn auf. ☺

Widme dich als Nächstes den Bereichen, bei denen dein persönliches Wohlbefinden nicht ausreichend für ein lachendes Emoji war. Würdest du hier gern etwas verändern? Wenn ja, dann formuliere einen oder mehrere Sätze, die klar ausdrücken, was du erreichen willst, zum Beispiel: »Ich möchte einen neuen Job, in dem ich mehr lachen kann ...« 😐

Betrachten wir als Letztes den traurigen, den nicht erfüllten Bereich deiner mentalen Gesundheit. Hier stehen all jene Dimensionen, in denen es dir aktuell nicht gut oder nicht gut genug geht. Gräme dich nicht, sondern sieh dies als wichtigen Schritt auf dem Weg hin zu mehr Zufriedenheit. Schreibe auch hier klare Wunschvorstellungen auf, zum Beispiel »Ich möchte mich endlich mehr um mich und meine Bedürfnisse kümmern.« ☹

36

WORK-LIFE-BALANCE

In den Kapiteln 18 und 19 hast du dir Gedanken zu deinem Beruf, deinem Arbeitsalltag und deiner Work-Life-Balance gemacht. Vor allem aber ging es darum, zu verstehen, wie du deine Tage verbringst und wie zufrieden du mit deiner Arbeit bist. Schreibe dir an dieser Stelle noch einmal die Zahl auf, die du von möglichen 200 Punkten erreicht hast, und deine durchschnittliche Arbeitszeit pro Tag.

Ich habe _____ von 200 möglichen Zufriedenheitspunkten.

Ich arbeite im Schnitt _____ Stunden pro Tag unter der Woche.

Ich arbeite im Schnitt _____ Stunden pro Tag am Wochenende.

Welches Gefühl hast du, wenn du diese Zahlen betrachtest? Möchtest du etwas verändern? Je geringer deine Punktzahl und je höher dein täglicher Zeiteinsatz, desto lauter sollte dein JA an dieser Stelle sein!

Möchtest du etwas verändern?

Was genau würdest du gern verändern?

Welche Kleinigkeiten, welche ersten Schritte kannst du vielleicht bereits ab morgen angehen?

Wenn du alle Bedenken, Ängste, Einschränkungen beiseiteschiebst, wie könnte eine Lösung dann aussehen?

Nachdem es in diesem Workbook darum geht, dir ein achtsameres Leben mit mehr Zufriedenheit aufzubauen, ist es wichtig zu verstehen, wie du die drei Bereiche in Zukunft gern beantworten würdest, wo du hin möchtest in deinem Leben:

Ich möchte _____ von 200 möglichen Zufriedenheitspunkten erreichen.

Ich möchte im Schnitt _____ Stunden pro Tag unter der Woche arbeiten.

Ich möchte im Schnitt _____ Stunden pro Tag am Wochenende arbeiten.

Zusätzlich ist folgende Überlegung hin zu mehr Life, also zu mehr Leben, in deiner Work-Life-Balance wichtig:

Ich möchte im Schnitt _____Stunden pro Tag unter der Woche und _____Stunden pro Tag am Wochenende mit Freizeit, Herzensthemen und Dingen, die mir richtig guttun, verbringen.

Was könnte ein erster Schritt in diese Richtung sein?

Wer kann dir dabei helfen?

Was kannst du selbst dafür tun?

»Was hält dich eigentlich davon ab, dir endlich eine richtige Work-Life-Balance zu gönnen.«

37

LIEBE & PARTNERSCHAFT

Die Liebe ist ein wesentlicher Baustein für ein erfülltes Leben voller Glück und Zufriedenheit. Achtsamkeit bedeutet in diesem Zusammenhang vor allem, die Liebe, die dir entgegengebracht wird, bewusst zuzulassen und zu genießen sowie zu wissen, was dir guttut, was gegebenenfalls nicht. Nimm dir deshalb die Zeit für drei wichtige Fragen und notiere die wesentlichen Punkte in dem jeweils entsprechenden Herz.

Erstes Herz: Starten wir damit, dir bewusst zu werden, was im Bereich der Liebe und Partnerschaft in deinem aktuellen Leben gut läuft. Was gefällt dir? Was stellt dich zufrieden? Was füllt dein Herz und was darf gern genau so bleiben, wie es ist?

Zweites Herz: Das Leben ist allerdings nicht immer zu 100 % perfekt, so gibt es bestimmt auch Dinge, die nicht so laufen wie ersehnt, die dich traurig machen, dich belasten. Wovon wünschst du dir weniger? In einer Partnerschaft können das beispielsweise ›endlose Diskussionen‹ sein. Hast du aktuell keinen Menschen an deiner Seite, könnte dies ein ›weniger Zeit auf Datingplattformen‹ sein.

Drittes Herz: Dieser Part ist ähnlich wichtig wie die beiden vorherigen: Wovon wünschst du dir mehr? Dies kann sein, weil es dir fehlt. Es kann aber auch sein, weil es dir so guttut, dass du für dein Herz einfach gern mehr davon haben würdest. Dies kann ›zärtlicher Sex‹ sein genauso wie ›öfter zu hören: Ich liebe Dich‹ oder ›mehr Respekt‹. Hast du aktuell keinen Partner, dürfen hier gern Dinge stehen wie: ›ein liebender Partner‹, ›gemeinsam aufwachen‹, ›Sonntage in den Bergen‹.

wundervoll

weniger

mehr

38

MEINE ZIELE

Welche Ziele hast du in deinem Leben? Was möchtest du erreichen? Wie möchtest du leben, arbeiten, wohnen und wer möchtest du sein? Diese beiden Seiten sind für dein persönliches Vision-Board reserviert. Ein Vision-Board ist die Visualisierung deiner Ziele und Träume. Eines zu erstellen, hilft dir dabei, mehr Klarheit zu bekommen über das, was du von Herzen willst. Nimm dir dazu gern ein paar Zeitschriften, Schere, Kleber und Stifte. Schneide ansprechende Bilder aus, klebe sie hier ein und kreiere dir die bunte Version deines zukünftigen Lebens voller Achtsamkeit, Glück und Zufriedenheit.

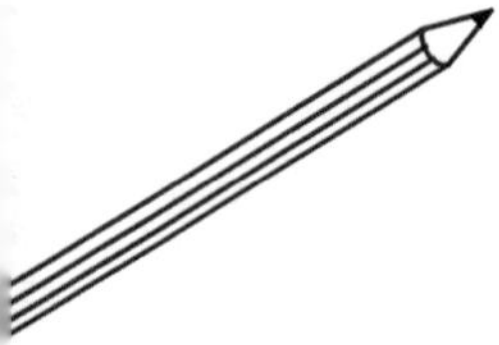

39

MEIN VERMÄCHTNIS

Das Leben auf dieser Erde ist endlich. Jeder von uns wird früher oder später von ihr gehen. Wann genau dieser Zeitpunkt eintritt, können wir in der Regel nicht beeinflussen. Was jedoch in unseren Händen liegt, ist das, was wir der Welt und unserem Umfeld hinterlassen. Das, was du in deiner Lebenszeit für dich selbst tust, wird mit dir gehen. Das, was du für andere tust, wird bleiben – vielleicht sogar für die Ewigkeit.

Unser Vermächtnis kann dabei die verschiedensten Formen annehmen. Wichtig ist, dir darüber klar zu werden, was du hinterlassen möchtest und wofür du deinem Umfeld (oder vielleicht sogar der Welt?) in Erinnerung bleiben möchtest. Dein Leben wird dadurch nicht nur erfüllter sein, auch wird es dir möglich sein, mit einem zufriedeneren Lächeln auf den Lippen Abschied zu nehmen, wenn der Zeitpunkt kommt.

Betrachte die folgenden Beispiele und fühle in dich hinein, welche sich für dich stimmig anfühlen. Vergiss dabei bitte nie: Du musst keine Mutter Teresa und kein Mozart sein, um etwas zu hinterlassen, das zählt.

- Der Vater, der seine Tochter ermutigt hat, ihre Träume zu verwirklichen.
- Die Mutter, die immer für ihre Kinder da war.
- Der Popstar, der der Welt wundervolle Musik hinterlassen hat.
- Die Eltern, die ihren Kindern das Familienhaus vererbt und damit ein Zuhause geschenkt haben.
- Die Eltern, die ihren Kindern das Familienunternehmen und damit ein sicheres Einkommen hinterlassen haben.
- Der Nachbar, der immer ein freundliches Wort auf den Lippen hatte und dir jeden Tag ein Lächeln geschenkt hat.

- Die Autorin, die mit ihren Büchern Menschen auf der ganzen Welt dazu inspiriert, ihre Flügel auszubreiten.
- Der Forscher, der ein neues Medikament zur Heilung einer schweren Krankheit entwickelt hat.
- Der Lehrer, der die Stärken seiner Schüler gefördert hat.
- Das Pärchen, das Spenden für den Bau eines Brunnens in einem kleinen afrikanischen Dorf gesammelt hat.
- Der Mensch, der immer versucht hat, ein guter Mensch zu sein.

Für was möchtest du in Erinnerung bleiben? Was möchtest du deiner Familie, deinen Freunden, deinem Umfeld oder vielleicht sogar der Welt hinterlassen? Schreibe deine Gedanken in diese gebenden Hände.

»Das kostbarste Vermächtnis
eines Menschen ist die Spur,
die seine Liebe in unseren
Herzen zurückgelassen hat.«

(Lebensweisheit)

40

ACHTSAMKEIT & ZUFRIEDENHEIT

Dieses Workbook heißt nicht ohne Grund ›ICH - Mein Workbook für mehr Achtsamkeit – Mit dem richtigen Mindset zu mehr Zufriedenheit im Leben‹. Der richtige Mindset ist die Basis dafür, dass es dir gelingt, ein zufriedeneres Leben mit mehr Achtsamkeit und Leichtigkeit aufzubauen. Dein Mindset beschreibt dabei deine Denkweise, Überzeugungen und Verhaltensmuster. Erlaubst du ihm, dich zu leiten, hat er eine schier unvorstellbare Kraft. Nutze diese beiden Seiten dazu, den richtigen Mindset zu entfalten für die Erreichung der so wesentlichen Ziele: Achtsamkeit und Zufriedenheit.

In welchen Teilen deines Lebens wird es dir in Zukunft gelingen, achtsamer zu sein, mehr im Jetzt zu leben, bewusster durch den Tag zu schreiten, in Verbundenheit mit dir selbst zu stehen und dich so zu achten, wie du bist? Schreibe diese in die Blütenblätter hinein. Schließe nach jedem einzelnen die Augen und sage dir: »Ich schaffe es in diesem Bereich, achtsamer zu sein.«

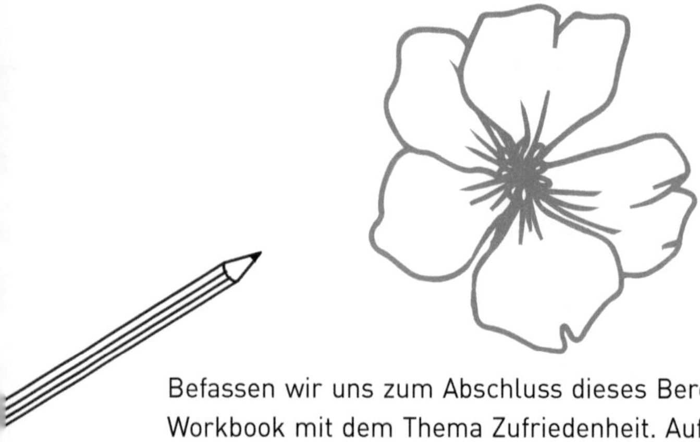

Befassen wir uns zum Abschluss dieses Bereiches in deinem Workbook mit dem Thema Zufriedenheit. Auf den letzten Seiten hast du dir im Detail darüber Gedanken gemacht, wo du in deinem Leben hinmöchtest, wie du dich entwickeln möchtest, was du erleben möchtest und wo du wachsen willst. Ein elementarer Teil dieser Überlegung ist die Frage: Wie zufrieden möchtest du sein? Betrachte erneut das Mandala, in dem du in Kapitel 30 dein aktuelles Level an Zufriedenheit abgebildet hast. Hier geht es nun darum, mit dem richtigen Mindset nach vorne zu schreiten. Male also das Mandala der Zufriedenheit in seiner ganzen Fülle in den leuchtendsten Farben aus! Nichts soll weiß bleiben, denn dieses Mandala repräsentiert, wie zufrieden du in Zukunft sein wirst. Dein neues Mandala und dein neuer Mindset sind ein wichtiger Schritt auf der Reise zu mehr Zufriedenheit. Und sie werden dich begleiten auf dem Weg, durch Täler, Geduldsproben, Rückschläge und Gipfelbesteigungen. Zufriedenheit ist ein Prozess, gib diesem Zeit, sich zu entwickeln und zu festigen. Das Wichtigste ist, du hast begonnen und du bist auf dem richtigen Weg!

Part 5

— WIE ERREICHE ICH MEHR — ACHTSAMKEIT UND ZUFRIEDENHEIT

Wie erreiche ich mehr Achtsamkeit und Zufriedenheit?

Achtsamkeit basiert auf bewusstem Handeln und bewusstem Sein. Sie hilft, das Leben zu entschleunigen, die Zufriedenheit zu steigern und wirkt wie ein natürliches Gegengift gegen den Stress des Alltags und die Schwere der vielen Herausforderungen. Wer achtsam lebt, hält den Schlüssel in der Hand für tiefe Zufriedenheit.

Wie jedoch gelingt dir das? Wie schaffst du es, in deinem Leben achtsam(er) zu sein? Die gute Nachricht: Achtsamkeit ist erlernbar und auch verhältnismäßig einfach in den Alltag zu integrieren. Nur tun musst du es. Willst du Skifahren lernen, reicht es nicht, ein Buch über die Theorie des Carvens zu lesen. Du musst raus auf die Piste und mit dem richtigen Mindset deine Übungen machen, bis es gelingt. Das heißt üben, üben, üben und nochmals üben. Genauso verhält es sich mit der Achtsamkeit. Je mehr du dir die Achtsamkeits-Übungen auf den kommenden Seiten zu Herzen nimmst, je gezielter du deinen Mindset auf ›Achtsamkeit‹ programmierst und je bewusster und regelmäßiger du trainierst, desto leichter wird es dir fallen, in deinem Alltag achtsam zu sein. Sei dabei nicht zu hart mit dir selbst. Erwarte nicht, dass sofort alles funktioniert. Denke an den Skifahrer, auch er braucht seine Zeit, bis alles souverän läuft. Gib dem Prozess Zeit und bleibe dran.

41

SEI IM HIER UND JETZT

Die achtsamste Art zu leben besteht darin, in jeder Minute ein unwiederbringliches Wunder und einmaliges Geschenk zu sehen – denn unsere Zeit auf Erden ist endlich. Wäre es da nicht weise, jeden einzelnen Augenblick zu schätzen und das Beste aus der Zeit zu machen, die dir gegeben ist?

Im Rahmen der Achtsamkeit geht es dabei vor allem darum, im Hier und Jetzt zu sein. Eckhart Tolle, der wohl meistzitierte Autor zur Achtsamkeit, sagt: »Wo immer du bist, sei ganz dort.«[12] Dieses Zitat fasst die Essenz der Achtsamkeit zusammen: ganz in dem Moment zu sein, in dem du dich gerade befindest. Wo auch immer du also bist, was auch immer gerade passiert und wie auch immer du dich dabei fühlst, erkenne dies bewusst an und akzeptiere, dass dieser endliche Moment so ist, wie er ist. Stehst du auf einem Berggipfel, nimm den fantastischen Blick, die kreischenden Dohlen, die Gerüche, deine glückliche Erschöpfung und den Wind in deinen Haaren vollends wahr. Schenke diesem Augenblick deine ungeteilte Aufmerksamkeit und sei mit all deinen Sinnen und Gedanken einzig auf diesem Berg.

Befindest du dich hingegen in einer negativen Situation, dann kann es hilfreich sein, auch diese für den Moment einfach wirken zu lassen, deinen Frust, Schmerz oder Ähnliches zu akzeptieren und nicht zu sehr in die Bewertung zu gehen. So mies der Moment sich auch anfühlen mag, er geht vorbei. Ja, er geht vorbei! Alles verändert sich, alles bleibt im Fluss. Erzwinge also nichts, sondern sei dir einfach dessen bewusst, was gerade passiert, wie du dich fühlst. Atme ruhig und versuche, dich zu spüren, deinen Körper wie auch deine Gefühle. Atme bewusst und schreite ruhig und in dir gesammelt weiter. Versuche, auch diese schwierigen Momente zu schätzen, denn sie gehören zum Leben dazu, auch sie helfen dir auf deinem persönlichen Weg.

Im Hier und Jetzt zu sein, bedeutet auch, nicht zu sehr in der Vergangenheit zu verweilen, dieser nicht hinterherzutrauern, nicht ständig daran zu denken, was war, was hätte sein können etc. Genauso wenig aber solltest du gedanklich ständig in der Zukunft sein und darüber hinaus vergessen, dass dein Leben in diesem wertvollen Moment passiert. Wie der Dalai Lama so schön sagte: »Und dann ist er (der Mensch) oft so ängstlich wegen der Zukunft, dass er die Gegenwart nicht genießt; das Resultat ist, dass er nicht in der Gegenwart lebt; er lebt, als würde er nie sterben, und dann stirbt er und hat nie wirklich gelebt.«[13] Natürlich ist es nicht immer leicht, voll und ganz im Jetzt zu sein und dir keine Sorgen um die Zukunft zu machen. Bereits der Versuch, die Gegenwart bewusster zu (er)leben, ist jedoch schon ein wesentlicher Schritt hin zu mehr Achtsamkeit und Zufriedenheit.

Genieße also den Moment, genieße den Augenblick, genieße dein Leben und sei dir voll Dankbarkeit bewusst, dass jede Minute ein unwiederbringliches Geschenk ist.

42

ENTSCHEIDE DICH, GLÜCKLICH ZU SEIN

Ob du im Leben glücklich bist oder nicht, hängt in erster Linie von dir und deinem Mindset ab, nicht von deinem Schicksal, nicht von deinem Umfeld und auch nicht von den Umständen, in denen du lebst. Du wirst im Leben nur dann richtig glücklich sein, wenn du dies auch wirklich willst. Wenn du dies zulässt und dich dafür entscheidest, dein Leben so zu gestalten, dass dir dies auch gelingt. Die Entscheidung, glücklich und zufrieden zu sein, kommt dabei ganz tief aus deinem Herzen, hier findest du auch die Kraft, dies umzusetzen.

Vor einigen Jahren lernte ich !Naani (gesprochen mit einem Klicklaut beim N) kennen, einen weisen Medizinmann der San im nordöstlichen Namibia. Das Leben der San, früher besser bekannt als ›Buschmänner‹, hat sich in den letzten Jahrzehnten im Rahmen der Landreform stark verändert, das einstige Leben im Busch, in enger Verbundenheit mit Mutter Natur, ist in der ursprünglichen Form kaum mehr möglich. Viele der San leben heute in erschreckender Armut in Dörfern, abseits der Freiheit und Weite des Busches. Dennoch verzagen diese so würdevollen Menschen nicht. !Naani erzählte in seiner lustigen Klicksprache, untermalt von Gesten und ausdrucksstarker Mimik Folgendes: »Unser Leben ist nicht mehr das, was es einst war. Dennoch sind wir San sehr glückliche Menschen, denn wir entscheiden uns jeden Tag aufs Neue dazu, glücklich zu sein. Natürlich ist es nicht immer leicht, aber wir versuchen, die kleinen Dinge zu schätzen und den Zusammenhalt in unserer Stammesgemeinschaft.«

Ich würde an dieser Stelle gern eine Auswahl an Zitaten und Inspirationen mit dir teilen, die dir dabei helfen können, bewusst ein glücklicheres und zufriedeneres Leben aufzubauen.

»Wenn du glücklich bist, mach nicht den Fehler, noch glücklicher sein zu wollen.«

»Entscheide dich, glücklich zu sein, und lass diesen Entschluss nie mehr los.«

»There's nothing more powerful than a made-up mind.«

(Lewis Pugh, zu Deutsch:
Es gibt nichts Mächtigeres als einen klaren Entschluss.)

»Ein großes Glücksgefühl ist die Ansammlung kleiner Glücksmomente.«

»Ein Mensch ist so glücklich, wie er beschließt, es zu sein.«

»Nimm dir die Zeit,
um glücklich zu sein.«

»Glückliche Momente sind ein
Geschenk, das dir niemand
mehr nehmen kann.«

43

GEH IN AKTION

»Alle Träume können wahr werden, wenn wir den Mut haben, ihnen zu folgen«[14], sagte einst Walt Disney und sprach damit einen elementaren Schritt in der Verwirklichung deiner Träume an: Du musst in Aktion gehen.

Willst du mehr Achtsamkeit in deinem Leben und wünschst du dir, zufriedener zu sein, dann hilft leider nicht nur der Wunsch. Das Wollen, kombiniert mit dem richtigen Mindset, braucht ein weiteres, wesentliches Element: das Tun! Wie heißt es so schön: »Tun ist wie wollen, nur geiler!« Und das stimmt. Denn erst durch das Handeln wirst du deine Ziele erreichen können, erst durch das Handeln wird es dir gelingen, dein Leben so zu gestalten, wie es dir am Herzen liegt.

Der erste Schritt ist dabei der wichtigste – wie auch der schwerste. Da kommst du nicht drum herum. Das Wesentliche an diesem ersten Schritt ist jedoch nicht die Weite, sondern seine Richtung. Und: dass du ihn wagst. Fang also noch heute damit an, dein Leben so zu leben, dass du langfristig glücklicher und zufriedener wirst.

Ich sage immer: »Hinter der Komfortzone liegt ein Universum an Möglichkeiten, es wartet nur darauf, von dir entdeckt zu werden.« Das klingt vielversprechend – ist es auch. Wenn nur die Bedenken nicht wären, die mentalen Hindernisse, die Entschuldigungen und die Angst. Um diese erfolgreich zu überwinden, gibt es einen hervorragenden Trick. Stelle dir folgende Frage und beantworte sie dir selbst ganz ehrlich: »Was ist das Schlimmste, das passieren kann?«

Stelle dir diese Frage jedes Mal, wenn irgendetwas in dir dich davon abhält, den ersten magischen Schritt in Richtung eines glücklicheren Lebens zu gehen. Du wirst sehen, in den meisten Fällen sind die Konsequenzen gar nicht so krass! Das Schlimmste, das in der Tat passieren kann, ist, dass du stehen bleibst und dich nicht traust. Dass du dein Leben mit all seinen Möglichkeiten nicht lebst!

Fange deswegen gern mit kleineren Schritten an. Übe dich darin, wahrzunehmen, wie erfüllend es ist, Dinge anzugehen und dein Leben bewusster zu gestalten, jeden einzelnen Tag.

- ➔ Mach den ersten Schritt!
- ➔ Starte zum Beispiel damit, der Verkäuferin in der Bäckerei jeden Morgen bewusst ein herzliches Lächeln zu schenken!
- ➔ Beginne den Tag mit guter Musik, einem nahrhaften Frühstück und etwas Sport!
- ➔ Tu alles dafür, glücklich zu sein!
- ➔ Hör auf, dich selbst auszubremsen!
- ➔ Glaube an dich!
- ➔ Starte damit, die Dinge auf deiner ›Bucket-List‹ umzusetzen!
- ➔ Lebe dein Leben!
- ➔ Setze dich jeden Tag für ein erfülltes Leben voller Zufriedenheit ein!

»Tun ist wie wollen, nur geiler!«

(Lebensweisheit)

44

SEI WIE DER FLUSS

Im Leben läuft bei Weitem nicht immer alles wie geplant. Auch läuft nicht alles geradlinig, ohne Herausforderungen oder gar Probleme. Ganz im Gegenteil. Leben und mit der Welt in Aktion treten bedeutet, dass Dinge passieren, dass es auf und nieder geht, spannend bleibt und durchaus auch mal richtig kracht. Vermutlich hast du dir auch schon einmal gedacht: Ach, wenn das Leben doch einfacher wäre! Tja, wenn es dies nur wäre, ist es aber nicht. Muss es vielleicht auch gar nicht sein. Denn es liegt an dir und deinem Mindset, wie du mit den Herausforderungen genauso wie den Möglichkeiten des Lebens umgehst.

Stelle dir dein Leben wie einen Fluss vor. So sicher wie der Fluss irgendwann ins Meer mündet, so sicher erreichst du deine Bestimmung. Möchtest du auf diesem Weg – deinem Leben – der aalglatte Kanal sein, der ohne Umwege, völlig geradlinig, ohne jedwedes Erlebnis, ohne Spannung, Freude oder Spielerei schnellstmöglich hin zu seiner finalen Destination fließt? Wie einsam und wie langweilig. Ist es nicht viel schöner, dir vorzustellen, du seist ein natürlicher Fluss? Ein fröhlich plätschernder Fluss, der entlang blühender Wiesen durch das Leben mäandert? Der sich seinen Weg sucht, Hindernisse überwindet, vielleicht mal seine Richtung anpasst. In dessen seichten Gewässern spielende Kinder zu Abenteurern werden, an dessen Ufern Tiere ihren Durst stillen und Liebende einen zärtlichen Kuss austauschen? Ein Fluss, der auch mal den Damm eines Bibers, den Bau einer Brücke, einen trockenen Sommer, eine Überschwemmung oder den Dung einer Kuh bewältigen muss? Genauso wie du in deinem Leben wird der Fluss im Laufe der Zeit mit einer schier endlosen Anzahl kleiner und großer Herausforderungen konfrontiert. Er begegnet diesen mit Gelassenheit, findet Wege, fließt um Hindernisse herum, ist in Bewegung, genießt die Reise und bleibt sich dabei selbst treu.

Was bedeutet dies für dich und dein Leben? Wie hilft dir dieses Bild, ein achtsameres Leben mit mehr Zufriedenheit zu kreieren? Wie hilft es dir, besser mit den Höhen und Tiefen, den Veränderungen und Herausforderungen deines Lebens umzugehen? Lies dir in Ruhe die folgenden Sätze durch, lass sie wirken und erlaube ihnen, dich gerade in schwierigen Situationen zu leiten. Mit etwas Übung wirst du lernen, wie du besser durch die sich ständig verändernden Gewässer des Lebens navigieren kannst.

- **Entscheide dich bewusst dazu, wie der Fluss zu sein.**

- **Wenn du mit Herausforderungen konfrontiert bist, denke an den Fluss und wie dieser sich seinen Weg bahnt.**

- **Bleibe in Bewegung und genieße die Reise.**

- **Schätze die Interaktionen mit den Menschen und Tieren auf deinem Weg.**

- **Denke immer daran, der Fluss fließt nach vorne. Lass auch du deine Vergangenheit hinter dir, schließe in Frieden ab mit dem, was war. Konzentriere dich auf das, was ist, und sei offen für das, was kommt.**

45

LASS NEGATIVES LOS

Loslassen ist der Weg zu innerer Freiheit, innerem Frieden und tiefer Ausgeglichenheit. So ist das bewusste Loslassen von negativen Gefühlen, von Wut, Hass, Frust, Sorgen oder Zorn eine wesentliche Komponente für mehr Achtsamkeit im Leben und damit mehr Zufriedenheit. Eine wunderschöne Geschichte über einen Zen-Meister lautet wie folgt: »Eines Tages fuhr er mit einem kleinen Boot auf einen See hinaus. Er saß mit geschlossenen Augen da und ließ sich treiben, als plötzlich ein anderes Boot an seines stieß. Der Zen-Meister dachte: ›Da hat mich jemand angerempelt!‹ Er öffnete die Augen und wollte gerade den Mann im anderen Boot beschimpfen, als er sah, dass dieses Boot leer war. Aber an einem leeren Boot seine Wut auszulassen, erschien ihm unsinnig. Und dann kam ihm eine große Erkenntnis: ›Jedes Boot, das dich anrempelt, ist leer!‹«[16] Wenn es dir also gelingt, die Menschen, die dich ›anrempeln‹, als leere Boote zu betrachten, werden diese spannungsgeladenen Situationen deutlich ent-spannt. Sieh in dem verletzenden Kollegen, dem stinkigen Nachbarn, dem zornigen Teenager also statt des ›unverschämten Menschen‹ einfach das ›leere Boot‹, damit wirst du bereits viel weniger entrüstet sein. Die Wut kommt von innen heraus, genau da kann sie auch überwunden werden.

Wer nicht loslässt, riskiert, mit dem unterzugehen, an dem er festhält: Dies können negative Gedanken und Erinnerungen genauso wie belastende Lebensumstände oder eine toxische Beziehung sein. Es liegt an dir, dich schrittweise von all dem zu lösen, das dir nicht guttut im Leben, das deinen Seelenfrieden belastet und dich unglücklich macht. Dabei gibt es vier wichtige Dimensionen des Loslassens.

Erstens: Distanziere dich so gut wie möglich von negativen Menschen, aus negativen Situationen, von Dingen, die schlecht für dich sind. Dies kann schrittweise geschehen, teilweise oder ganz. Wichtig im Sinne der Achtsamkeit ist, dass du dir bewusst darüber wirst, wer und was dir nicht guttut, und dass du dich mehr und mehr davon löst. Gehe hierzu gern noch einmal zu den Kapiteln 26 und 27 zurück. Wer sind die Menschen, die negativ für dich sind? Du musst diese Dinge und/oder Menschen hier nicht erneut schriftlich festhalten, wichtig ist an dieser Stelle dein Mindset: Es liegt in deiner Macht, Dinge zu verändern und Distanz aufzubauen zu allem, was dir die Zufriedenheit im Leben raubt.

Zweitens: Mach dir nicht so viele Sorgen. Das klingt natürlich leichter gesagt als getan. Dennoch hilft es enorm, sich gerade um kleine Herausforderungen nicht so viele Gedanken zu machen, nicht so viel Angst zu haben, nicht so viel Zeit in Dinge zu investieren, die letzten Endes gar nicht so gravierend sind. Ich habe mal gehört, dass 90 % der Sorgen von Menschen nie eintreten. 90 % – eine enorme Zahl. Versuche das nächste Mal, wenn dir etwas Sorgen bereitet, einfach ein ganz klein wenig leichter damit umzugehen. Nicht alles ist so dramatisch, wie es oft auf den ersten Blick erscheint.

Drittens: Entschuldige dich bei den Menschen, die du verletzt hast. Entschuldige dich in Momenten, in denen du dich falsch verhältst. Eine ehrliche Entschuldigung hat eine enorm befreiende Wirkung und verhindert, dass du die Negativität und Last dieser Situation weiter mit dir führst. Damit wird dein Leben leichter und du zufriedener.

Viertens: Verzeihe denen, die dir Unrecht getan haben oder es noch tun, auch wenn diese Menschen sich nicht bei dir entschuldigt haben. Dabei geht es nicht darum, die Tat gutzuheißen, es geht nur darum, dich von ihrer Last zu befreien. Wie die buddhistische Weisheit so schön sagt: »An Wut und Zorn festhalten ist wie Gift trinken und erwarten, dass der andere dadurch stirbt.« Du schadest also nur dir selbst. Hab die Größe zu verzeihen und du wirst erleben, wie sehr dir dies auf dem Pfad hin zu mehr Zufriedenheit im Leben hilft.

»An Wut und Zorn festhalten ist wie Gift trinken und erwarten, dass der andere dadurch stirbt.«[15]

(Buddhistische Weisheit)

46

ATME BEWUSST

Leider haben Sorgen und Negatives die Angewohnheit, deutlich lauter zu sein als alles Positive dieser Welt. Damit haben sie großes Potenzial, dir die Zufriedenheit in deinem Leben zu rauben. Diese Macht solltest du ihnen in keinem Fall geben, das wäre das Ende deines Lebens in Achtsamkeit. Betrachten wir in einem ersten Schritt, wieso es so ist, dass Negatives meist wesentlich dominanter wahrgenommen und erinnert wird als all die schönen Dinge, die du erlebst. Gehen wir dafür zurück in die frühe Zeit der menschlichen Entwicklung, die Zeit, in der jeder Tag ein Kampf ums Überleben war. Wir konnten als Spezies nur deshalb überleben, weil wir gelernt haben, lebensbedrohliche Gefahren einzuschätzen, zu vermeiden oder adäquat mit ihnen umzugehen. Es ist damit in unseren Genen verankert, Gefahren und Ängste schneller und intensiver zu registrieren und diese bewusster in Erinnerung zu behalten als Positives, denn dies ist nicht verantwortlich für unseren Fortbestand. Den goldenen Sonnenuntergang zu verpassen, ist demnach zwar schade, aber nicht weiter schlimm. Den Säbelzahntiger zu übersehen, bringt dich jedoch um.

Nun leben wir heute in einer Welt, in der Begegnungen mit Säbelzahntigern deutlich unwahrscheinlicher geworden sind. Dennoch ist es nach wie vor tief in unserem System verankert, Gefahren und Ängsten (oft unbewusst und ungewollt) einen enorm hohen Stellenwert zuzugestehen. Und so jagen uns die modernen Säbelzahntiger, die Sorgen um Arbeit, Gesundheit, Geld oder die Angst vor dem nächsten Ehekrach oft mehr, als dies für ein ausgeglichenes Leben förderlich ist.

Wie gelingt es dir nun, mit all diesen Ängsten und Sorgen besser umzugehen? Gerade wo klar ist, dass deine modernen Säbelzahntiger in den meisten Fällen weder lebensbedrohlich noch mit den Biestern der Urzeit zu vergleichen sind?

Eine der bedeutendsten Persönlichkeiten auf dem Gebiet der Achtsamkeit war der buddhistische Mönch Thích Nhât Hanh. Seine Worte helfen dabei, den richtigen Mindset zu entwickeln, um den Säbelzahntigern des Lebens in Ruhe und Gelassenheit entgegenzutreten.

Übe dich gerade in schwierigen Situationen darin, bewusst zu atmen. Bleibe ganz bei dir, spüre, wie die Luft tief in deinen Körper eintritt, lasse sie dort einen Moment verweilen und atme dann bewusst langsam und ruhig aus. Die Fokussierung auf deine Atmung, die auch in unserer Kultur so weit verbreitete Weisheit des »Atme erst mal dreimal tief durch« ist ein wirksamer Weg aus der akuten Sorge und Angst hinaus. Und so wie die Wolken am Himmel weiterziehen, wird auch dein Säbelzahntiger beizeiten den Rückzug antreten. Atme ruhig und sieh ihm dabei zu.

»Gefühle kommen und gehen wie Wolken am Himmel. Das achtsame Atmen ist mein Anker im Hier und Jetzt.«[17]

Thích Nhất Hanh

47

BITTE UM HILFE

Es ist keine Schande, um Hilfe zu bitten. Dennoch ist es für viele ein schier unmöglicher Schritt. Dabei gibt es die verschiedensten Gründe, warum es als gar so schwierig empfunden wird zuzugeben: »Ich brauche Hilfe.« Für manche Menschen ist dies so, weil sie seit jeher ausschließlich in der Rolle der Helfenden sind. Anderen fällt es schwer, um Hilfe zu bitten, weil sie nie gelernt haben zu sagen: »Bitte hilf mir.« Und wieder anderen fällt es schwer, weil sie sich schämen, keine Last sein wollen, es sich nicht wert sind und/oder hoffen, schon irgendwie allein durchzukommen. Dabei ist dies nicht nötig! Um Hilfe zu bitten und Hilfe zu erhalten, ist ein wesentlicher Pfeiler unseres menschlichen Zusammenseins und ein wichtiges Element in einem bewussten Leben voller Achtsamkeit.

Gerade ›starken‹ Menschen fällt es jedoch oft schwer zuzugeben, dass sie Hilfe benötigen. Häufig sieht man es Menschen auch nicht an, wenn diese am Rande ihrer Kräfte stehen. Das Umfeld hat also kaum eine Chance, für die entsprechende Person da zu sein. Umso wichtiger ist es, dass du für dich lernst, aktiv, klar und offen zu sagen, wenn du Unterstützung benötigst, wenn du allein nicht mehr weiterweißt, wenn es dir so richtig bescheiden geht oder dir die Kraft für den nächsten Atemzug fehlt. Dabei ist es elementar wichtig, deinen Hilferuf so zu formulieren, dass dein Gegenüber eine Chance hat zu verstehen, wie es dir geht, dass du wirklich Hilfe brauchst und gegebenenfalls sogar, wie diese Hilfe aussehen kann. Fällt dir zum Beispiel zu Hause die Decke auf den Kopf und fühlst du dich wie der einsamste Mensch der Welt, dann rufe eine gute Freundin an und sage klar und deutlich: »Claudi, mir geht es gerade nicht gut. Ich fühle mich extrem einsam. Darf ich mich heute zum Grillen einladen, eure Gesellschaft würde mir richtig guttun.« Denn ein »Ah, ihr grillt heute... hmmm, coole Idee« vermittelt nicht, wie es dir geht und was du brauchst. Selbst bei größtem Hoffen würde dieser Satz vermutlich nicht darin resultieren, dass du spontan mit eingeladen wirst. Sei also klar und gib deinem Umfeld die Chance zu verstehen, wenn du um Hilfe rufst.

Wie vieles im Leben, kann auch das ›um Hilfe bitten‹ gelernt werden. Wenn du einen Marathon laufen möchtest, beginnst du nicht mit einem mehrstündigen Monster-Lauf. Du startest langsam: erst zehn Minuten, dann zwölf, irgendwann steigerst du auf dreißig Minuten. Du genießt die ersten Erfolge, freust dich über jeden Fortschritt, den du machst. Genauso ist dies mit deinen Hilferufen. Starte im Kleinen, genieße positive Resultate, lerne Schritt für Schritt, wie es dir gelingen kann, ohne Scham, klar und deutlich auszusprechen: »Bitte hilf mir.«

Schon bald wirst du erleben, dass viele Menschen erstaunlich gern für dich da sind. Dass viele Menschen dankbar darüber sind, dass du dich ihnen gegenüber öffnest, sie dir helfen dürfen und dass dies eine absolute Selbstverständlichkeit ist. In einem meiner Management-Coachings ging es neulich um das schwierige Thema »Lass dir helfen«. Kai, einer der Teilnehmer, gestand nach einigem Hin und Her, wie schwer es ihm gefallen sei, seinen Chef in einem wichtigen Projekt um Hilfe zu bitten: »Ich kam mir vor wie ein Versager ... ich hätte es so gern allein zu Ende gebracht, aber es gelang mir einfach nicht. Auf den letzten Metern musste ich um Hilfe bitten, das war mir unglaublich peinlich.« Interessanterweise war der Chef in demselben Coaching-Programm. Wie war seine Erfahrung mit diesem vermeintlichen Offenbarungseid: »Ich war beeindruckt von dem, was Kai erreicht hatte. Das war echt enorm. Und insgeheim habe ich mich riesig gefreut, zumindest ein ganz klein wenig zum Erfolg dieses Projektes beitragen zu dürfen. Der Hilferuf war für mich daher fast wie ein Geschenk.« Wer hätte dies gedacht!

Vergiss also nie: Für ein achtsames Leben voller Zufriedenheit ist es wichtig, um Hilfe zu bitten. Dies ist keine Schwäche, sondern eine Stärke!

»Sei in deinem Leben stark genug, um unabhängig zu bleiben.
Sei klug genug, um zu erkennen, wann du Hilfe brauchst.
Sei weise genug, darum zu bitten.«

(Lebensweisheit)

48

SEI DANKBAR

Dankbarkeit ist eine Form der Achtsamkeit gegenüber dir selbst, deinem Umfeld und deinem Leben. Sie ist gelebte Wertschätzung für das, was du hast, was du erlebst, was dir gegeben und ermöglicht wird. Dankbarkeit ist ein so wundervolles, positives Gefühl und das genaue Gegenteil davon, in ständigem Gram darüber nachzudenken, was dir fehlt.

Als eine der großen Säulen der Achtsamkeit ist Dankbarkeit eine wesentliche Grundlage für deine Zufriedenheit. Je mehr du dich in deinem Leben in Dankbarkeit übst, desto zufriedener wirst du sein. Je öfter du also innehältst und einfach mal – laut oder nur in deinem Kopf – »Danke« sagst, desto öfter wirst du spüren, wie ein erfülltes Lächeln deine Lippen erhellt und wie gut sich dies anfühlt.

Dabei ist es völlig irrelevant, wie groß die Sache ist, für die du dankbar bist, ganz im Gegenteil. Gerade die Dankbarkeit gegenüber den vielen kleinen, vermeintlich selbstverständlichen, unaufregenden und so oft übersehenen Dingen in deinem Leben kreiert oft ein erstaunliches Maß an Zufriedenheit. Hand aufs Herz, wann warst du das letzte Mal dankbar dafür, dass du zum Beispiel morgens eine warme Dusche nehmen, beim Bäcker frisches Brot kaufen, deine Mutter per Videochat anrufen, im Supermarkt aus einer riesigen Auswahl an frischen Lebensmitteln auswählen und abends sicher durch die Straßen gehen kannst? All dies ist ein Geschenk! Ein Geschenk, das die meisten von uns viel zu oft als selbstverständlich hinnehmen, dabei ist es dies nicht.

Dankbarkeit ist erlernbar. Je mehr du deinen Mindset darauf ausrichtest, ›einfach mal dankbar zu sein‹, desto leichter wird es dir fallen, nicht nur für dein Leben an sich, die letzte Beförderung, den bestandenen Schulabschluss deines Kindes und all die großen Erfolge dankbar zu sein. Mit dem richtigen Mindset wirst du schon bald die vielen klitzekleinen und so wundervollen Dinge in deinem Leben bewusst wahrnehmen.

Dankbarkeit macht das Leben reich und ohne Dankbarkeit gibt es keine Zufriedenheit. Nimm dir deshalb die Zeit und schreibe in die Strahlen dieser Sonne große wie auch kleine Dinge, für die du in diesem Moment dankbar bist. Wiederhole diese Übung gern regelmäßig: Schreibe dir zum Beispiel jeden Tag drei Dinge auf, für die du dankbar bist. Wie gesagt, das kann von der Butterbreze bis hin zu deinem liebenden Partner alles sein. Alles zählt. Nur tun musst du es, denn erst dann wird die Dankbarkeit zur Zufriedenheit.

»Nicht die Glücklichen
sind dankbar.
Es sind die Dankbaren, die
glücklich sind.«

(Lebensweisheit)

49

LERNE DIE SPRACHE DER LIEBE

Liebe ist das Elixier des Lebens und bildet einen wesentlichen Baustein für echte und bleibende Zufriedenheit. Dabei geht es genauso darum, Liebe zu geben, wie darum, von anderen geliebt zu werden. Denn erst ein Leben in Liebe kann ein wirklich erfülltes Leben sein.

Die Liebe für andere so zu zeigen, dass dein Gegenüber diese in ihrem vollen Ausmaß spürt, ist dabei oft genauso schwierig wie das Sehen, Verstehen und Annehmen der Liebe, die dir entgegengebracht wird. Denn es gibt sehr unterschiedliche Sprachen der Liebe, also verschiedene Arten, Liebe auszudrücken und zu empfangen. Deine emotionale Liebessprache und die Sprache deines Ehepartners (oder Familienmitgliedes o. Ä.) können dabei so unterschiedlich sein wie Chinesisch und Deutsch. Egal wie sehr du dich demnach bemühst, ihm auf Deutsch deine Liebe zu vermitteln, wenn er im übertragenen Sinne nur Chinesisch spricht, kommt dies nicht an. Auch umgekehrt wirst du seine Liebesbekundungen nicht verstehen. Für eine liebende Beziehung und ein Leben voller Achtsamkeit ist es daher wichtig, die Liebessprache deines Partners und der engsten Personen in deinem Leben zu lernen und ihnen in gleichem Maße klar zu vermitteln, wie du Liebe verstehen und annehmen kannst.

Mit über 13 Millionen verkauften Exemplaren in mehr als 60 Sprachen hat das von Gary Chapman kreierte Meisterwerk ›The 5 Love Languages‹[18] Partnerschaften und zwischenmenschliche Beziehungen weltweit transformiert. Dabei ist das dahinterliegende Konzept so einfach wie genial. Das Buch beschreibt fünf Wege, auf denen Menschen Liebe geben und empfangen können, diese bezeichnet er im Deutschen als ›die fünf Sprachen der Liebe‹. Die Sprachen sind dabei so unterschiedlich wie eben Chinesisch und Deutsch.

1) Anerkennende Worte – für Menschen, deren primäre Sprache der Liebe ›Anerkennende Worte‹ ist, gelten vor allem verbale Liebesbezeugungen, diese können reichen von »Schön, dass es dich gibt« bis hin zum klassischen »Ich liebe dich«.
2) Geschenke – Menschen, die dies besonders schätzen, spüren die Liebe des Gegenübers, wenn dieser ihnen zum Beispiel Blumen überreicht oder von der Geschäftsreise ein Parfüm mitbringt.
3) Hilfsbereitschaft – Menschen, die diese Sprache der Liebe sprechen, zeigen ihre Liebe dadurch, dass sie nach einem langen Tag das Chaos in der Küche aufräumen oder wie von Zauberhand die Bügelwäsche erledigen.
4) Zeit zu zweit – wer diese Sprache der Liebe spricht, räumt der gemeinsamen Zeit einen besonderen Stellenwert ein – Zeit für Zweisamkeit, gemeinsame Erlebnisse oder einfach nur ein Dinner zu zweit statt mit dem Freundeskreis.
5) Körperliche Nähe – in dieser Sprache der Liebe geht es vor allem um Berührungen, Kuscheln, Händchenhalten, Streicheln, Küssen und Sex.

Bist du Typ 1 und wünschst dir nichts sehnlicher als ein »Ich liebe dich«, dann werden dir auch hundert in Liebe ausgewählte Geschenke deines Partners (Typ 2) nicht das Gefühl vermitteln, von Herzen geliebt zu sein. Diesen Knoten zu lösen, gelingt dadurch, dass du in einem ersten Schritt verstehst, welche Sprache der Liebe du sprichst und welche Sprache dein Partner spricht. In einem zweiten Schritt geht es dann darum, die Sprache des anderen so gut zu lernen, dass eine Liebeserklärung ankommt, egal wie sie ausgedrückt ist. Das ist gelebte Achtsamkeit.

50

TANZE DEIN LEBEN

Eine der großen Fragen seit Menschengedenken lautet: Gibt es ein Leben nach dem Tod? Eine durchaus interessante Überlegung, für die es die unterschiedlichsten Thesen gibt. Egal wie deine persönliche Einschätzung diesbezüglich aussieht, gibt es doch eine wesentlichere Frage, die es zu betrachten gilt: Lebst du dein Leben vor dem Tod? Nutzt du die wertvolle Zeit, die dir gegeben ist? Denn eines ist sicher: Dein Leben hier auf Erden ist endlich. Da wäre es eine Schande, dieses nicht in all seiner Herrlichkeit gelebt zu haben.

Viele Menschen hetzen in halsbrecherischer Geschwindigkeit durch ihr Leben, sind getrieben von Arbeit, Karriere, Sorgen, endlosen Aufgabenlisten und vielem mehr. Tagein, tagaus geht es überwiegend darum, Dinge zu erledigen und Dinge zu tun, die scheinbar unausweichlich sind. Doch wo bleibt das Leben? Achtsam zu sein bedeutet innezuhalten, bewusst im Hier und Jetzt zu sein, den Moment als unwiederbringliches Geschenk zu schätzen, Glücksmomente zu kreieren und dem Leben die Chance zu geben, so wundervoll wie möglich zu sein. Es geht nicht ums Über-Leben, es geht ums Leben!

Also – tanze dein Leben! Tanze nach der Melodie deines Herzens und lass dich nicht vom Lärm der Welt aus dem Takt bringen. Lebe dein wahres, authentisches Ich. Sei du! Mach das Beste aus dem, was dir auf dieser Erde gegeben wurde. Lerne auch, im Regen zu tanzen, denn nicht jeder Tag wird von Sonnenschein gesegnet sein. Tu mehr von dem, was dich glücklich macht, tanze, lache, hoffe, atme, geh in Aktion und gib nie, niemals auf.

»Tanze, als würde
dir niemand zusehen.
Liebe, als wäre dein Herz
nie gebrochen.
Singe, als würde dich
niemand hören.
Lebe, als gäbe es
kein Morgen.«

(Lebensweisheit)

Anhang

Wie geht es weiter?

Du hast dich in diesem Workbook auf die so wichtige Reise zu dir selbst und einem Leben in mehr Achtsamkeit und Zufriedenheit begeben. Dafür möchte ich dir im Namen deines zukünftigen Selbst danken und gratulieren.

Dieses Buch war und ist ein wichtiger Schritt. Doch es ist – wie du vielleicht vermutet hast – nur ein Anfang. Ich möchte dich deshalb ermutigen, den Prozess unbedingt weiterzuführen und dich aus ganzem Herzen dazu einladen, auch den nächsten Schritt dieses wundervollen Weges gemeinsam zu beschreiten.

Auf der Website findest du eine Auswahl an Angeboten, die dir dabei helfen werden, gemeinsam mit mir und Gleichgesinnten deine Flügel noch weiter auszubreiten und aufzusteigen in ein freies Leben voller Achtsamkeit, Zufriedenheit und Erfolg.

Möchtest du zum Beispiel mitkommen auf die unvergessliche Retreat-Reise in eines meiner Herzensländer, die magische Mongolei? Die Weite des Landes und seine faszinierende Kultur kennenlernen, für ein paar Tage gemeinsam mit den Nomaden leben und tiefe Einblicke in die alten Traditionen bekommen? Diese Retreat-Reise ist dabei weit mehr als eine Reise in eines der letzten fast unberührten Länder der Welt, sie ist vor allem eine Reise zu dir selbst.

Oder möchtest du von zu Hause aus tiefer eintauchen in das Thema Achtsamkeit und Zufriedenheit? Unterstützung bei der Umsetzung des Gelernten erhalten? Schau einfach auf die Website, ich bin sicher, da ist etwas Stimmiges für dich dabei.

www.sonjapiontek.com/angebote

Sonja Piontek

Sonja Piontek ist eine preisgekrönte Thought-Leaderin, international publizierte Autorin und gefragte Keynote-Rednerin, deren große Leidenschaft die Entwicklung von Menschen und Potenzialen ist. Sonja hat in ihrem Leben enormen Erfolg gehabt, stand aber genauso vor massiven Herausforderungen. 2020 war ihr persönliches Krisenjahr: Der Verlust ihres ungeborenen Kindes, der Verlust ihres Partners und all ihrer beruflichen Engagements warfen die so lebensfrohe Powerfrau in ein tiefes Tal der Tränen. Schritt für Schritt hat sie sich aus diesem herausgearbeitet und dabei die volle Kraft ihres inneren Phönix entdeckt. Seitdem liegt ein großer Fokus von Sonjas Arbeit auf dem von ihr entwickelten PHOENIX MINDSET Programm. Ihr gleichnamiger PHOENIX MINDSET Podcast für mehr Erfolg und Lebensfreude gehörte bereits in seinem ersten Jahr 2022 zu den 15 % der meistgeteilten Podcasts weltweit (!) auf Spotify. Die sympathische Münchnerin hat in sechs Ländern gelebt und blickt auf eine internationale Konzernkarriere zurück, bevor sie sich 2018 erfolgreich selbstständig machte. Heute wohnt die sportbegeisterte Bergliebhaberin mit ihrem amerikanisch-österreichischen Partner in den Tiroler Alpen, bereist aber nach wie vor regelmäßig privat wie auch im Rahmen ihrer einmaligen Reise-Angebote die wundervollsten Ecken der Welt.

Mehr zu Sonja unter: www.sonjapiontek.com
Mehr zu Sonja's Angeboten unter: www.sonjapiontek.com/angebote
Instagram: www.instagram.com/sonjapiontek/
LinkedIn: www.linkedin.com/in/sonjapiontek/
Podcast: www.linktr.ee/sonjapiontek

»Als ich fallen gelassen wurde, habe ich zu fliegen gelernt.«

Danksagung

Ich möchte mich von Herzen bei vier Gruppen von Menschen bedanken.

Zuallererst bei all den Menschen, die mich auf meinem Weg begleitet haben und begleiten, die mir dabei geholfen haben, meine Phönix-Flügel auszubreiten, die mich inspirieren, mich mit ihrer Energie anstecken, mir ehrliches Feedback geben, die an mich glauben, in schwierigen Stunden für mich da sind und mir bei meiner Entwicklung hin zu einem achtsameren Leben mit mehr Zufriedenheit helfen. Das Leben ist ein wundervoller Lernprozess und ich bin von Herzen dankbar dafür, Euch an meiner Seite zu wissen!

Auch möchte ich mich an dieser Stelle auch bei jenen Menschen bedanken, die mir auf meiner Reise Steine in den Weg gelegt, mir den Spiegel vorgehalten haben, die mich enttäuscht, belogen und verletzt haben. Dies waren zum Teil sehr schmerzhafte Erfahrungen, doch ist es mir erst durch sie gelungen, wichtige Schritte nach vorne zu gehen. Dementsprechend auch an diese Menschen ein von Herzen kommendes Dankeschön.

Der nächste riesengroße Dank geht an all die Menschen, die mir bei der Entstehung dieses Buches geholfen haben. Für die wertvollen Impulse, den bereichernden Austausch, die kritischen Fragen, das wundervolle Feedback, die guten Ideen, den vielseitigen Support: Danke, danke, danke!

Das letzte Dankeschön geht an dich, liebe Leserin, lieber Leser! Denn für dich habe ich dieses Buch geschrieben und nur durch deine Unterstützung kann dieses Buch auch erfolgreich sein. Daher eine ganz große Bitte, wenn dir dieses Workbook gefallen hat: Empfiehl das Buch weiter, verschenke es an deine Freunde und Familie und schreib auf Amazon liebend gern eine Rezension, denn das bringt so viel! Dafür von mir persönlich an dich ein von Herzen kommendes Dankeschön!

Direkt zur Bewertung

Raum für deine Notizen

Quellenverzeichnis

FOTOS

Autorenbild: Carolyn Strover, Februar 2023, www.carolynstrover.com

GRAFIKEN

Kapitel 21, 34: www.depositphotos.com, robisklp
Kapitel 25: www.depositphotos.com, furian
Kapitel 30, 40: www.freepik.com, visnezh
Kapitel 33: www.depositphotos.com, airdone
Kapitel 48: www.depositphotos.com, sputanski
Blüten: www.depositphotos.com, AndreYanush
Restliche Grafiken: Verena Klöpper

ENDNOTEN

[1] Soyke, Christiane (2021): So fand ich mein Glück wieder, BUNTE, Ausgabe 48, Seite 98

[2] Kabat-Zinn, Jon: About Jon Kabat-Zinn, https://jonkabat-zinn.com/about/jon-kabat-zinn/, 5. Januar 2023 sowie https://de.wikipedia.org/wiki/Jon_Kabat-Zinn, 5. Januar 2023

[3] Phoenix Mindset Podcast (2023): #23 Im Interview mit Veit Lindau – über das Leben, die Liebe und Leichtigkeit, https://linktr.ee/sonjapiontek, 28. Januar 2023

[4] Gallup, Die 34 Wege, um zu beschreiben, was Sie von Natur aus am besten können, https://www.gallup.com/cliftonstrengths/de/253712/34-CliftonStrengths-Talentthemen.aspx, 4. Januar 2023

[5] Mai, Jochen (2021): Work-Life-Balance: 5 Antithesen + 9 Tipps fürs Gleichgewicht, https://karrierebibel.de/work-life-balance/, 8. Januar 2023

[6] Rohn, Jim: Quotes, https://www.goodreads.com/quotes/9042090-take-care-of-your-body-it-s-the-only-place-you, 14. Januar 2023

[7] myMONK: Was den Dalai Lama am meisten überrascht? Seine beeindruckende Antwort, https://mymonk.de/dalai-lamas-ueberraschung/, 16. Januar 2023

[8] Bach, Original Bach-Blüten (2021): Was sind die 8 Dimensionen von Wellness, https://www.bachoriginal.com/de-de/mehr/blog/2021/was-sind-die-8-dimensionen-von-wellness/, 18. Januar 2023

[9] G+J Medien GmbH: https://www.geo.de/magazine/geo-kompakt/15856-rtkl-lebensglueck-zwei-wege-zu-mehr-zufriedenheit, 4. März 2023

[10] Seiler, Laura Malina (2020): Schön, dass es dich gibt, 2. Edition, Rowohlt Taschenbuch, Hamburg

[11] Albert Camus: Zitate von Albert Camus, https://www.zitate.eu/autor/albert-camus-zitate/178889, 20. Januar 2023

[12] Holbrook, Calvin: Achtsamkeitszitate: 10 Zitate, die dich erden und inspirieren, https://www.happiness.com/magazin/inspiration-spiritualität/achtsamkeitszitate/ 20. Januar 2023

[13] myMONK: Was den Dalai Lama am meisten überrascht? Seine beeindruckende Antwort, https://mymonk.de/dalai-lamas-ueberraschung/, 16. Januar 2023

[14] Disney, Walt: Zitate berühmter Personen, https://beruhmte-zitate.de/zitate/1969844-walt-disney-alle-traume-konnen-wahr-werden-wenn-wir-den-mut-h/, 21. Januar 2023

[15] myMONK: Wie man Ärger und Zorn loslassen kann in 30 Sekunden (Ein Trick aus dem Zen), https://mymonk.de/zorn-loslassen/, 22. Januar 2023

[16] News.at: Ärger und Zorn loslassen in 30 Sekunden, Ein Trick aus dem Zen-Buddhismus, https://www.news.at/a/zen-trick-aerger-loslassen, 20. Januar 2023

[17] Holbrook, Calvin: Achtsamkeitszitate: 10 Zitate, die dich erden und inspirieren, https://www.happiness.com/magazin/inspiration-spiritualität/achtsamkeitszitate/ 20. Januar 2023

[18] Chapman, Gary (2019): Die fünf Sprachen der Liebe – Wie Kommunikation in der Partnerschaft gelingt, 8. Edition, Francke-Buch, Marburg

Entdecke weitere Bücher in unserem Online-Shop

www.remote-verlag.de

Remote Verlag

SCAN ME

Printed in Poland
by Amazon Fulfillment
Poland Sp. z o.o., Wrocław

23499292R00148